뭐든 하다 보면 뭐가 되긴 해

루마니아의 소설가가 된 히키코모리

루마니아의 소설가가 된 히키코모리

뭐든 하다 보면 뭐가 되긴 해

사이토 뎃초 지음
이소담 옮김

북하우스

차례

희망은 예상치 못한 곳에서 만난다

내가 처음으로 쓴 책,『지바에서 거의 나가지 않는 히키코모리인 내가 한 번도 외국에 가보지 않고 루마니아어 소설가가 된 이야기(한국어판 제목『뭐든 하다 보면 뭐가 되긴 해: 루마니아의 소설가가 된 히키코모리』)』가 한국어로 번역된다!

아이고, 세상에, 기절초풍할 사건이 벌어져서 지금 진심으로 손이 덜덜 떨린다.

나도 일본어 소설을 직접 루마니아어로 번역하고 있지만, 내가 아닌 다른 누군가가 내 작품을 번역한다는 것은 예상조차 못 했던 일이다. 분에 넘치는 영광이다. 우선 이 책을 번역해주신 번역가와 출판해주시는 출판사에 감사 인사를 드린다.

번역 출간된다는 소식을 들은 순간, 내 머릿속에는 지금까지 접해온 훌륭한 한국 문화가 주마등처럼 스쳐 지나갔다…. 나홍진 감독의 〈황해〉를 스크린 정면에서 봤을 때의 그 충격, 그걸 떠올릴 때마다 뇌수가 폭발할 것 같다.

김기영 감독의 〈살인나비를 쫓는 여자〉는 정말이지, 죄다 미쳐 돌아가는 이야기라 진짜로 이런 영화가 존재한다는 사실이 지금도 믿기 어렵다.

이와 나란히 꼽는 나의 한국 영화 베스트는 〈낮술〉과 〈퍼펙트 게임〉과 〈개를 훔치는 완벽한 방법〉과… 이거야 원, 꼽으려면 끝이 없겠다.

그리고 강화길의 장편소설 『다른 사람』은 장래 어떤 타이밍에서든 최근 10년, 20년간 최고로 중요한 소설이라고 일컬어지리라는 확신이 있다. 그 정도로 내 창작에도 영향을 주었다.

또 김준의 에세이 『쓸모없는 것들이 우리를 구할 거야』도 잊을 수 없다. 예쁜꼬마선충이라는 생소한 대상을 다루면서 독자에게 친근하게 다가가는 에세이가 나오다니 한국 출판계의 탄탄한 저력에 놀랐다.

참고로 지금은 250의 〈PPong〉을 스포티파이로 들으면서

서문을 쓰는 중이다. 그렇지, 한국의 영화 비평지 『FILO(매거진 필로)』도 종종 일본어 번역본이 나오니까 읽기도 한다. 내 책이 한국에 출간되면 영화에 관한 인터뷰를 할 수 있으면 좋겠다. 그 밖에도… 아니, 이런 이야기를 시작하면 얇은 책 한 권은 쓸 수 있을 것 같으니 이쯤에서 멈추겠다.

지금 꼭 언급해야 하는 것은 어떤 한 권의 책이다.

일본에서 『지바루』(이 책의 일본어판 애칭)를 출간했을 때, 트위터[1]를 보던 중 『나의 루마니아 수업僕のルーマニア語の授業』이 라는 문자열이 튀어나와 콜라를 뿜을 뻔했다.

한국의 단편소설을 한국어와 일본어 대역본으로 소개하는 간행 시리즈인 '한국 문학 쇼트쇼트'의 최신작이 『나의 루마 니아 수업』[2]이었던 것이다.

소설 소개문을 읽어보니, '루마니아 문학을 전공해 교수가 되려는 꿈을 품은 나. 병역을 마치고 복학했더니, 강의실에 는 무리에서 동떨어진 듯이 주변과는 다른 분위기를 품은 그

---

1   현재 X로 이름을 바꿨지만 이 책에서는 이전의 이름인 트위터로 표기한다. — 옮긴이
2   한국에서는 장은진 작가 소설집 『가벼운 점심』(한겨레출판, 2024)의 수록작으 로 출간되었다.

녀가 있었다. 그해 가을, 나는 특별한 사랑과 만났다'라는데…
한국에 이런 소설이 존재했다고?

　깜짝 놀라 트위터에 글을 썼더니, 이 시리즈를 출간한 쿠온 출판사에서 꼭 책을 증정하고 싶다는 말씀을 주셨다. 나는 『지바루』의 담당 편집자와 함께 쿠온 출판사에 방문해, 내 책과 한국 문학에 대해 이야기를 나눈 뒤 『나의 루마니아 수업』을 선물받았다. 그야말로 감동이었다.

　그래서 읽어봤는데, 두 남녀의 모습을 통해 잘 풀리지 않는 인생, 그래도 존재할지도 모르는 희망이 보이는 단편소설이어서 더욱더 감동했다.

　게다가 등장인물 두 사람의 마음 기댈 곳이 루마니아 문학이다. 이런 소설이 있다니!

　바로 나 자신이 루마니아 문학과 루마니아어에 구원받아 『지바루』같은 책을 냈고 그때부터 인생이 격변한 만큼 이 소설을 차분하게 읽을 수 없었다. 잊지 못할 경험이었다.

　그러다가 생각난 것이 있다. 내가 존경하는 한국 문학 번역가인 사이토 마리코 씨가 배수아 작가의 『멀리 있다 우루는 늦을 것이다』를 번역해서 나도 읽었는데, 사이토 씨가 쓴 역자의 말을 보니 배수아 작가는 독일어 문학 번역가이기도 해서 루마니아계 스위스 작가 아글라야 페터라니의 작품을 번역한다는 것이다.

『나의 루마니아어 수업』에는 어떤 루마니아인 작가가 등장하는데, 그 인물과 페터라니는 루마니아에 뿌리를 두었고 서커스단 출신인 점 등 처지가 비슷하다. 단순히 나의 직감인데, 캐릭터 조형에 많은 영향을 받지 않았을까.

또 나는 처음에 일본 현실을 겹쳐 보며 루마니아어나 루마니아 문학을 배우는 환경이 존재하는 것 자체를 판타지라고 여기며 읽었다. 나중에 알아보니 한국에는 루마니아어과가 있는 대학이 존재하는 것을 알고 '거짓말이지?' 하고 또 콜라를 뿜을 뻔했다.

판타지가 아니었다니! 부러워 미치겠네, 으악!

그렇지만 한국에도 루마니아어를 배우는 사람은 적을 것이다. 그 적은 루마니아어 학습자 중에 고독감을 느끼는 사람도 꽤 많으리라 생각한다.

루마니아 출신 반철학자 시오랑은 이런 말을 했다.

Singuratatea nu te-nvață că ești singur, ci singurul.

이 말을 내 문체로 번역하면 이렇다.

"고독이 가르쳐주는 것은 당신이 혼자라는 것이 아니다. 당신이 유일무이한 존재라는 것이다."

당신은 고독감을 느낄지 모르나, 그 고독감은 당신이 유일무이한 길을 힘차게 걸어간다는 증거임이 분명하다. 지금은 적적할지도 모른다. 그러나 분명 그 사실을 자랑스럽게 여길 때가 언젠가 올 것이다.

게다가 어학을 배운다는 것 자체가 사실 참으로 꾸준하고 고독한 일이다. 너무 힘겨워서 좌절하게 되고, 그 정도는 아니더라도 가끔 의욕을 잃을 때도 많을 것이다.

그래도 나는 말하고 싶다. 바로 그렇기에 어학만큼 재미있는 것은 없다고!

나는 이 책이 어학의 즐거움과 그 무한한 가능성을 차고 넘치도록 말하고 있다고 믿는다. 이 책이 독자 여러분에게 새로운 언어를 배우고 그 언어를 통해 새로운 세계를 열고 새로운 자신을 발견하는 계기가 되기를 바란다.

나는 트위터 중독이어서 언제나 트위터에 있다. 그곳에서 여러분과 이 책에 관해 이야기를 나눌 수 있다면 영광이다. Tettyo Saito[3]를 검색하면 내가 거기에 있습니다.

자, 그럼 한국의 독자 여러분. 『지바루』의 한국어 번역본 『뭐든 하다 보면 뭐가 되긴 해: 루마니아의 소설가가 된 히키코모리』를 모쪼록 재미있게 읽어주세요!

3　https://x.com/GregariousGoGo

들어가며

일본에 살면서 루마니아어로 소설이나 시를 쓰는 일본인 작가.

이 문장을 보고 "오, 그거 꽤 재미있는 '설정'이네!"라고 반응하는 사람은 있을 것이다. 그러나 "우와, 그런 일이 실제로 가능하구나!"라고 말하는 사람, 다시 말해 이 문장을 '사실'이라고 받아들이는 사람이 과연 있을까? "저기 있잖아, 애초에 루마니아가 어디 있는 나라야?"라고 되묻는 사람이 오히려 많을 것 같다. 그런데 이 문장을 던진 내가 바로 '일본에 살면서 루마니아어로 소설이나 시를 쓰는 일본인 작가'다.

우선 잠깐 형식적이나마 자기소개를 해보겠다.

나는 1992년 9월 10일 일본 지바현에서 태어났다. 지금도 지바현에 살고, 지난 30년간 지바와 도쿄를 벗어난 적은 거의 없다. 외국에는 단 한 번도 가본 적이 없다. 허약한 체질인데다가, 크론병이라는 난치병도 앓고 있으니까.

평소에는 영화 비평가로 활동한다. 지금은 〈사이토 뎃초 Z-SQUAD!!!!!〉라는 온라인 영화 관련 사이트를 운영하는데, 주로 일본에 알려지지 않은 세계의 영화 작품을 중심으로 소개하고 있다. 영화 팸플릿이나 영화 잡지 〈키네마 준보ᵏᵉᵐᵃ旬報〉에 기고도 하고, 때로는 다른 나라의 영화 잡지에 영어로 글을 쓰기도 한다.

2019년부터는 루마니아어로도 집필 활동을 시작했고 주로 소설과 시를 쓴다. 그렇게 쓴 작품은 〈LiterNautica〉나 〈Revista Planeta Babel〉이라는 루마니아 문예지에 실린다….

내가 써놓고도 믿기 어려운데 이건 진짜 현실이다. 그렇다, 루마니아, 그리고 루마니아어라니까.

자, 여기서 잠깐 여러분에게 물어보고 싶다. 루마니아라고 하면 뭐가 생각나는가?

드라큘라? 하긴, 이게 제일 먼저일 테다. 최근 만화 『흡혈귀는 툭하면 죽는다』가 애니메이션으로 제작되어 인기를 얻은 덕분에 이따금 인터넷에서 루마니아 이름이 보이곤 한다. 기쁜 일이다. 그러나 소설 『드라큘라』를 쓴 브램 스토커가 아일랜드 사람이고, 이 작품은 그가 루마니아 정확히는 동유럽의 전승을 참고해 쓴 창작임을 아는 사람이 있을까?

나이가 좀 있는 사람이라면 나디아 코마네치라는 이름을 기억할지도 모른다. 본명은 나디아 엘레나 코마네치다. 기타노 다케시[1]의 "코마네치!"라는 도무지 의미 불명인 개그 덕분에 젊은 사람 중에도 그녀의 이름을 아는 사람이 생각보다 많아서 놀랐다. 코마네치는 사회주의 정권이 낳은 유일무이한 스타 체조선수인데, 루마니아 사람이었다. 일찌감치 망명해서 이제 미국 국적이지만.

혹시 문학을 좋아한다면 종교·신화학의 대가이자 루마니아에서 가장 유명한 소설가인 미르체아 엘리아데, 영화를 좋아한다면 루마니아 영화 사상 최초로 칸 국제영화제 최고상인 황금종려상을 획득하고 일본에서도 개봉한 〈4개월, 3

---

1 일본의 개그맨 출신 영화감독. 비트 다케시로도 알려졌다. 체조선수 코마네치가 입은 레오타드 모양을 본뜬 포즈를 하며 "코마네치!"라고 외치는 개그를 했다. ─ 옮긴이

주… 그리고 2일⁴ ˡᵘⁿⁱ, ³ ˢᵃᵖᵗᵃᵐᵃⁿⁱ ˢⁱ ² ᶻⁱˡᵉ)과 그 감독 크리스티안 문지우를 떠올리는 사람도 있을 것이다. 또 예술 분야에서는 반출생주의자이자 반철학자인 에밀 시오랑, 다다이즘을 창시한 트리스탕 차라, 추상 조각의 선구자로 고명한 콘스탄틴 브랑쿠시도 사실 루마니아 사람이다. 혹시 이미 다 알고 있는 이야기였을까?

그밖에는 으음, 독재자 니콜라에 차우셰스쿠와 그가 이끈 사회주의 정권을 떠올리는 사람이 많을 텐데 이건 어쩔 수 없는 노릇이다. 차우셰스쿠는 극단적인 사회주의를 추진하며 국민을 철저하게 짓밟은 끝에 결국 1989년 루마니아 혁명으로 권력의 자리에서 쫓겨났고, 하필이면 크리스마스에 처형당했다. 그 생중계를 TV로 보거나 유튜브 동영상으로 본 사람도 아마 있을 것이다. 그렇지만 혁명 이후에도 자본주의 파도에 올라타지 못해 빈곤에 허덕이는 동유럽의 작은 나라… 슬프지만 일본이 루마니아를 바라보는 이미지는 이럴 것이다.

이 루마니아에서 쓰는 공용어가 바로 루마니아어다.

동유럽이니까 체코어나 폴란드어, 또 러시아어와 같은 슬라브어파처럼 보이는데, 사실 루마니아어는 로망스어군에 속한다. 즉 프랑스어나 이탈리아어, 스페인어의 친척이다. 특히 루마니아어를 할 줄 아는 사람이라면 이탈리아어를 따로 공부하지 않고도 그냥 읽거나 들어서 어느 정도 의미를 알 수 있을 만큼 가까운 관계다. 사실은 루마니아어가 라틴어의 틀을 가장 많이 물려받은 현대어라는 학설도 있다. 로망스어군 중에서 가장 존재감이 흐린데 말이다!

한편으로 루마니아는 슬라브어권의 국가인 세르비아나 우크라이나, 불가리아 등으로 둘러싸였기에 루마니아어 곳곳에는 슬라브어화가 보이는 특징도 있다. 어휘만 봐도 a iubi(유비: 사랑하다)나 război(라즈보이: 전쟁)처럼 기본 어휘에 슬라브어에서 온 단어가 많이 보인다. 다른 로망스어군에는 없는 속격 같은 어형 변화도 있다. 그래도 체감으로는 발음에서 슬라브어의 영향을 가장 크게 느낀다. 어휘나 문법 자체는 이탈리아어와 비슷해서 거의 이탈리아어 같은데, 발음은 구슬이 데굴데굴 굴러가는 듯한 슬라브어와 닮았다. 입을 크게 벌리지 않고 말하는 발음법이어서 더 슬라브어 같다.

그래도 일본에서는 이런 사항을 전혀 알 리가 없다. "어, 루마니아…. 루마니아에서 쓰는 말이 뭐야?"라는 질문을 자주 받는다. 그러니 이 자리를 통해 루마니아의 공용어는 루마니아어인 것만은 기억해주시기를.

나는 일본에서 극심하게 마이너인 언어로 소설이나 시를 쓰고, 그걸 루마니아 문예지에 싣는다. 이 현실을 지금도 믿기 어렵다. 여전히 꿈속에 있는 듯한 느낌이 계속 든다.

이 책을 집필한 2023년은 루마니아어로 소설을 쓰기 시작한 지 4년이 된 해였다. 한 해 전인 2022년 9월 10일은 서른 살 생일이었다. 'Don't Trust Over Thirty!(서른 살 이상인 사람을 믿지 말라!)'라는 고풍스러운 말을 신조로 삼고 살았는데, 내가 믿어서는 안 될 서른 살 이상인 사람이 되다니 심경이 복잡했다.

그래서 최근 1년 정도는 루마니아 친구들에게 "서른 살이 되기 전에 루마니아에서 책을 출판하겠어!"라고 선언하고, 출판사에 단편집 원고를 보내거나 장편소설을 집필할 계획을 세우는 등 물밑에서 열심히 활동했다. 마음을 다잡기 위해 내 문학적 근원인 '일본어로 번역된 루마니아 문학'을 다시 읽기도 했다.

그러던 와중에 이 책을 쓸 기회가 왔다. 나는 이 책을 통해 사이토 뎃초라는 일본의 얼빠진 히키코모리가 어쩌다가 루마니아 문화와 루마니아어를 좋아하게 되었고, 좋아하는 마음이 부풀다 못해 어떻게 루마니아어로 소설을 쓰는 소설가가 되었는지, 또 일본어와는 전혀 다른 언어인 루마니아어를 써서 어떤 식으로 작가 생활을 하고 있는지 등등의 이야기를 여러분에게 전하고 싶다.

이 책이 머나먼 극동 나라에서 바르작거리던 나를 받아준 루마니아 사람들, 무엇보다 루마니아어에 보답이 될 수 있기를 진심으로 바란다.

자, 그러니 위대한 루마니아어의 세계로 함께 가보자!

히키코모리 시네필,
루마니아와 만나다

독립도 못 하면서 방구석에 틀어박혀 호언장담

Aş putea să stau închis într-o coajă de nucă şi tot m-aş
socoţi Rege al spaţiului innit.

인사말 대신 내가 가장 중요하게 여기는 문장을 루마니아
어로 써봤다. 뜻은 이렇다.

"비록 내가 호두 껍데기 속에 갇혀 있어도, 무한한 우주를
지배하는 왕이라 자처할 수 있네."

읽고 바로 알아차린 사람도 있을 것이다.

그렇다, 셰익스피어의 『햄릿』에서 인용했다. 나는 스스로 생각해도 묘하다 싶은 인생을 살고 있다.

루마니아의 '루' 자도 들릴 리 없는 지바 어딘가. 지하철은 다니지만, 맥도날드는 고사하고 소고기 덮밥집조차 단 한 곳도 없는 동네. 그러면서 이상하게 치과만큼은 네다섯 군데나 있는 육지의 외딴섬 같은 곳이다. 그런 동네 구석빼기에 있는 흔하디흔한 집, 그 2층에서 나는 일본인 대부분이 이해하지 못하는 루마니아어를 태블릿에 입력하고 있다. 아래층에서는 부모님이 평범하게 식사 중이다. 즉, 부모님께 얹혀산다. 게다가 태어나서 지금까지 30년, 바깥세상에 제대로 나간 적이 없다.

말하자면 그거다. 히키코모리, 그러니까 은둔형 외톨이라는 거. 타고나기를 은둔하는 체질. 어린 시절을 보낸 방구석에서 아저씨로 늙을 운명을 짊어진 존재. 호두 껍데기에 갇힌 사회 부적응자. 뭐, 그런 거라고 보면 된다.

그런데 어떤 초월적인 존재는 나를 거기에서 끝나게 하지 않았다.

어찌 된 영문인지는 모르겠는데, 지금 나는 루마니아어로 글을 쓰는 작가 생활을 하고 있다. 소설과 시, 일본 문학을 소개하는 기사, 때때로 에세이를 쓴다. 또 몇 번이나 루마니아어로 인터뷰도 했고, 그 기세를 몰아 일본인 최초로 루마니아에서 책을 출판하고 싶다는 계획을 세웠다.

그 외에도 이런저런 거대한 야망을 품고 있다. 그러니 나란 인간, 앞서 언급한 햄릿의 호언장담에 속절없이 공감하게 된다.

"이보쇼, 이후에 햄릿은 파멸을 향해 일직선으로 달려가서 장엄한 최후를 맞이하는데? 자기를 그런 인간에게 겹쳐놓고 자아도취나 하는 거잖아. 제대로 정신 좀 차리고 살아!" 이렇게 충고하고 싶은 사람도 있을 것이다. 아무렴요, 지당하신 말씀입니다.

그러나 광기에서 헤어나지 못하면서도 제 운명이라는 놈에게 맞선 햄릿의 말은 나를 강하게 자극한다. 그러니 나는 감히 이 지바의 방구석에서, 햄릿을 본받아 파멸도 불사하겠다는 의지를 품고 위풍당당하게 나르시시즘이라는 것을, 자기애라는 것을 표방하고 싶다.

Eu sunt japonez dar pot vorbi limba română. În plus, scriu o poveste în română. Afurisit de mișto, nu?

"나는 일본인입니다. 그렇지만 루마니아어를 할 수 있습니다. 게다가 소설도 씁니다. 정말 악마적으로 멋있지 않습니까?"

이런… 너무 나갔나.

우울증, 지진, 은둔

아무튼 사이토 뎃초라는 루마니아 오타쿠는 이런 식으로 살고 있다만, 본격적으로 루마니아 이야기를 시작하기 전에 내 이야기를 조금만 더 털어놓고 싶다.

나는 히키코모리다. 어려서부터 끝도 없이 내향적이고 생각이 과한 인간이었고, 대학을 졸업한 2015년부터는 이런저런 사정이 있어서 진정한 히키코모리가 되어 지금에 이른다. 현재진행형이다. 조금 더 정확히 쓰자면, 2015년부터 2020년까지는 일주일에 한 번 아르바이트해서 영화를 볼 돈 정도는 그나마 벌었다. 그러나 2020년 이후, 코로나가 만연하면서 아르바이트가 날아간 뒤로는 집이나 도서관이나 도서관 옆 쇼핑몰에 서식하는 느낌이다. 또 2021년부터는 크론병이라는 장 난치병에 걸리는 바람에 어쩔 수 없이 안정을 취해야만 한다…. 그렇게 흘러 흘러 현재가 되었다.

혹시 "방에 계속 처박혀 있지 않는 한 히키코모리라고 할 수 없어!"라고 말하는 과격파 히키코모리도 있을 것이다. 그래도 후생노동백서[1]를 보면, '다양한 요인의 결과로 사회적 참가(의무교육을 포함한 취학, 비상근직을 포함한 취업, 가정 외의 교류 등)를 회피하고, 원칙적으로는 6개월 넘게 주로 가정 내에 계속 머무르는 상태(타인과 교류하지 않는 형태의 외출은 할 수 있음)를 가리키는 현상 개념이다'라고 히키코모리를 정의한다. 코로나 사태 이후로 나는 완벽하게 이거였으니 너무 쩨쩨하게 굴지 말고 나를 히키코모리라고 자칭하게 해달라.

그래서 말인데, 내 은둔 인생을 돌이켜보면 방에 틀어박히기 이전에도 지바와 도쿄에서 벗어난 기억이 거의 없다.

때때로 시즈오카현에 있는 할머니 댁을 찾아가거나 어려

---

1   일본의 행정조직인 후생노동성에서 행정 현황이나 예상을 국민에게 알리는 목적으로 발행하는 자료집. 후생노동성은 우리나라의 보건복지부, 고용노동부 등을 합친 조직으로 볼 수 있다. — 옮긴이

서는 1년에 한 번씩 여름 여행으로 이바라키현이나 니가타현에 간 적은 있다. 그러나 우울증에 빠지고 나아가 히키코모리가 된 이후의 10년간은 진짜로 지바와 도쿄 바깥으로 나가본 적이 거의 없다. 다른 지역에 간 적은 손가락으로 꼽을 정도다. 그렇다고 그 얼마 안 되는 여행의 기억이 제대로 남아 있느냐 하면, 전혀 그렇지 않다. 여행 자체의 기억보다 호텔 방에 놓인 텔레비전으로 예능 방송을 봤다거나, 닛코 에도무라[2]에서 갔던 유령의 집이 왠지 모르게 무서웠다는 것만 기억에 남았다.

오히려 일상의 루틴이 무너진 데에서 오는 불안감과 뒤숭숭함이 묘하게 기억에 남아 있다. 〈신세기 에반게리온〉의 '낯선 천장'이라는 에피소드 제목은 언제 어느 때나 불안의 상징으로 내 마음속에 차오르곤 한다.

내 마지막 여행은 고등학교 2학년 때 갔던 오키나와 수학여행이었다. 이때도 남아 있는 기억은 시답지 않다. 처음 타본 비행기에 너무 긴장한 나머지 좌석에서 오줌을 살짝 지린 것, 오키나와의 날씨가 내내 꾸물꾸물했던 것 정도다. 딱 하

---

2   에도 시대를 체험할 수 있는 민속촌 같은 테마파크. — 옮긴이

나 좋은 추억도 있다. 어디에선가 먹은 소금 친스코[3]가 맛있었다. 그때 이후로 소금 캐러멜이나 소금 바닐라 같은 소금 계열 디저트를 좋아하게 됐다. 음, 이 정도려나.

그 이후로 제 인생은 우왕좌왕하다가 히키코모리로 전락하는 내리막길뿐이었답니다. 대학 입시를 망친 와중에 동일본대지진으로 방사능이며 뭐며 난리가 났고, 심지어 간신히 대학에 입학한 후 들어간 동아리에서는 사랑에 실패했다. 이 삼단 콤보를 겪자 내 안의 뭔가가 완전히 무너졌다. 아이고, 조졌다, 라는 감각이었다. 그래도 이후로 4년간 어떻게든 대학에 다녔으니 일단 히키코모리는 아니었다. 대학만큼은 졸업해야 한다는 생각에 필사적으로 한조몬선[4]을 타고 그럭저럭 강의를 들으러 갔으니까.

그래도 솔직히 아무것도 없었다. 이미 마음이 무너진 후라 추억이고 뭐고 없다. 그 시기에 겪은 일은, 단편적으로는 어떻게든 기억해낼 수 있는데 그 점과 점을 연결해서 선으로 만들고 구체적인 영상을 갖춰 떠올리는 건 못 하겠다. 뇌가 그러길 거부한다.

---

3   오키나와의 전통 과자. 밀가루, 설탕, 돼지기름을 넣고 굽는다. — 옮긴이
4   일본의 민영 철도 노선. — 옮긴이

그러니 적어도 나에게 이 4년은 '잃어버린'이라는 단어가 가장 잘 어울리는 시대였다. 세간에서는 청춘의 최고조라고 하는 대학생 시기를 그런 식으로 보낼 수밖에 없었다니, 뭐 아쉽긴 하지만 나답다 싶다.

떠올리기도 싫은 4년의 마지막을 장식한 것이 무엇인가 하면, 바로 취업 활동이다. 이미 짐작했겠지만, 이런 식으로 대학 시절을 보낸, 아니, 버텼던 인간이 취업 활동을 견딜 수 있었겠는가? 이때의 기억 또한 떠올리려고 하면 구역질이 치민다. 겪었던 일 자체보다 취업용 정장의 까끌까끌한 감촉이나 그게 피부에 닿는 불쾌함, 그 차림으로 화장실에 갔을 때의 어색한 손놀림, 이런 불편한 감각들만 되살아난다.

그중에 딱 하나 생각나는 게 있다. 대학교 4학년 때 소속했던 마지막 세미나 연구회, 그 마지막 술자리다. 3년간 속해 있었던 연구회의 담당 교수가 갑질 사태를 일으키면서 연구회가 풍비박산난 탓에 나는 다른 연구회로 이동해야만 했다. 그래서 잘 모르는 교수 밑에서 잘 모르는 다른 학생들과 함께 있어야 했는데, 당연히 아무런 교류도 생기지 않았다. 그런데도 마지막 술자리에는 어째선지 참가하고 말았다. 맥주를 마시다가 이상하게 취해서는 "나 취업 실패했어요~"라며 끝까지 이름도 몰랐던 사람에게 헤실거렸다. 경박하게 굴었던 내 꼬락서니만은 유난히 생생하게 기억한다.

한마디로 상처받은 자신을 제대로 돌보지 않고 불성실하게 굴었다는 소리다. 그러다가 4학년 마지막에 힘이 다해 내마음은 본가의 방구석에서 무너져 내렸고 더는 꼼짝할 수 없었다. 이때부터 아름다운 히키코모리 생활이 막을 연다.

복수하는 것처럼 영화를 섭렵하다

한때 일본의 트위터 같은 SNS에서 '스트롱제로 문학'이라는 말이 유행했던 적이 있다. 문학상에 응모하는 신인 작가의 원고 중에 주인공이 아침에 일어나더니 베갯머리에 놓아둔 스트롱제로[5]를 마시는 묘사가 있는 작품이 너무 많다는 뜻이다. 그 무렵, 나야말로 그 진부한 '스트롱제로 문학'처럼 살고 있었다. 정말 판에 박은 듯한 지옥에서 살았다.

2015년, 나의 히키코모리 시대가 시작된 해. 내 마음은 바

---

5   일본 산토리에서 제조하는 도수 높고 저렴한 추하이. ― 옮긴이

닥없는 심연에 있었다. 돈 없고 직업 없고 친구도 없고 아무 것도 없다. 말 그대로 아무것도 없다. 내게 남은 것은 터무니 없는 우울의 혼돈뿐이었다. 히키코모리로 암울한 인생을 살고, 부모님에게는 집에다 알이나 까는 바퀴벌레 같은 취급을 받았다. 그렇지만 어디로도 갈 수 없었고 갈 기력도 남아 있지 않았다. '이대로 방구석에 틀어박혀서 죽을 것 같아? 나는 밖에 나가니까 히키코모리가 아니야!'라는 마음으로 무작정 집 주변을 어슬렁거렸다.

이런 상태일 때면 시간 감각이라는 게 이상해진다. 우선 아무것도 안 하면 시간이 무한한 것 같다. 초등학생들은 씹던 껌을 입에서 꺼내 침 범벅인 그걸 손가락으로 쭉쭉 늘리며 놀곤 하지 않나. 그런 식으로 시간이 지저분하게 늘어난다. 하염없이 늘어나서 끝나지 않을 듯한 무서운 감각을 또렷하게 품고 있었다. 괴로운 1분이 영원처럼 느껴졌다가도 정신을 차리면 어느새 몇 시간이나 흘러서 깜짝 놀라기도 했다. 조금 전만 해도 1분이 영원 같았는데 지금은 몇 시간이 1초처럼 지나가는 시간의 소실이 반복되었다.

이렇게 시간 감각이란 놈이 영원과 순간을 과격하게 오갔다. 뇌신경에 버그가 생긴 셈이다.

지금처럼 말로 설명하려고 시도하면 모순이 되어버리는 너무도 극단적인 감각 속에 살다 보면, 이상하게 지각 자체가 점점 무뎌진다. 무기력 상태로 바닥에 쓰러져 누워 있는 사이, 시간은 잔혹하게 흘러가는 것이다. 1일, 1주일, 1개월, 1년이 순식간에 지나간다.

버그를 일으킨 무기력 상태 다음으로 이어지는 수순은 예의 자살 충동이란 놈이다.

살아 있어봤자 좋을 게 없다는 생각이 들어 자살하고 싶어진다. 그러나 사실은 자살할 용기도 없다. 그러니 결과적으로 살아가게 되는, 막다른 곳에 몰린 상태였다. 정말 이때 나는 세상에서 뒤처졌다는 의미에서 우라시마 타로[6] 같은 존재였다. 다만 내가 있는 곳은 낙원이 아니라 감옥 같았지만.

그때 내 마음을 달래준 것이 영화였다.

예전에는 소설을 읽었는데, 미지근한 악몽 같았던 대학 생

---

[6] 우라시마 타로는 일본의 전래 동화이자 그 동화의 주인공이다. 젊은 어부 우라시마 타로가 낚시하던 중에 거북이를 구해주었는데, 알고 보니 거북이가 용왕의 딸이어서 용궁에 초대받았다. 며칠간 용궁에서 지내다가 돌아왔더니 이미 세상은 300년이나 지난 뒤였다. 어머니도 아는 사람도 집도 잃은 우라시마 타로가 슬퍼하며, 헤어질 때 절대 열면 안 된다는 말을 들었던 상자를 열자 순식간에 나이를 먹었다는 이야기다. ─ 옮긴이

활을 보내면서 소설을 향한 열정을 잃었다. 우울 상태로는 독서 같은 능동적인 행동을 못 한다. 집에 있기 싫을 때는 도서관에 갔지만, 사실 책을 읽진 않았다. 읽지 못했다.

그 대신 영화가 소설의 대체제가 되었다. 원래도 평균치 이상으로 영화를 보긴 했는데, 영화는 일단 재생만 해두면 알아서 흘러가니까 수동적으로 볼 수 있어서 우울 상태인 내게는 참 고마운 존재였다.

영화를 볼 때만큼은 마음이 편했다. 내 상황과 전혀 다른 광경들이 눈에 들어오면 이런저런 시름을 잊을 수 있었다. 고급 차가 멋지게 폭발하거나, 아이들이 컬러풀한 판타지 세계를 모험하거나, 할리우드 미남미녀가 열정적으로 키스하는 광경이 그 무렵의 내게는 참을 수 없이 눈부셨고 그 자체만으로도 울컥해서 카타르시스를 느꼈다. 가끔 기어가듯이 영화관에 간 적도 있지만 대부분은 TV나 컴퓨터나 태블릿으로 봤다. 그러니 화면도 작았다. 그래도 내 마음 상태는 훨씬 나아졌다. 이 현실 세계 자체를 향한 폭발적인 애수, 파괴적인 불안, 차분한 분노를 잊을 수 있었으니까.

히키코모리의 생활에서 가장 최악의 친구가 바로 초조함이다. 무자비하게도 시간이 흘러가는 와중에 마음속에는 '나란 인간, 아무것도 이룬 게 없잖아!'라는 초조함이 고개를 불쑥 든다. 버너에서 분출되는 화염처럼 내 등을 마구 태운다. 히키코모리의 일상이란 곧 초조함과의 질리지도 않는 투쟁이다.

이 투쟁 속에서 내가 시작한 일이 바로 영화 비평을 쓰는 행위였다. 좋게 말하면 생존 투쟁, 나쁘게 말하면 현재 상태에 대한 변명이었던 셈이다. 나도 뭔가 하고 있다고 부모님을 포함한 주변 사람들에게 하는 어필이었다.

그런 흐름으로 처음에는 트위터에 대학 시절보다 길어진 감상문을 마구 적었고, 그게 더 길어지자 '하테나 블로그'라는 서비스를 이용해 장문의 영화 감상을 적었다. 이렇게 매일 영화 비평가 흉내를 내며 하잘것없는 자존심을 지키려고 했다.

그래도 이런 흉내 내기가 사실 중요하다.

비평이든 창작이든, 스포츠든 어학이든, 나아가 살아가는 것 자체가 전부 모방에서 시작하기 때문이다. 무작정 영화를 보고 영화 비평을 쓰고 영화 비평을 읽으면서, 나는 일본 영화 비평에 불만을 품기 시작했다. 일본의 영화 비평가는 영화가 말하는 방식에 대한 미학만 비대하고 말하는 것에 대한 미학이 없어 보였다. 이게 무슨 뜻인가 하면, 그들은 일본에서 일본어 자막을 달고 상영하는 작품만 언급한다. 또 돈을 주지 않으면 쓰지 않고, 어떤 매체에서 자리를 내주지 않으면 쓰지 않는다.

예전 잡지를 읽으면, 그때 당시는 일본인 중에도 미지의 영화를 소개하는 비평가가 많았다는 것을 알 수 있다. 그런데 지금은 '미지'를 다루는 비평가가 없다. 요즘 세상은 세계 영화제에 쉽게 갈 수 있고, 인터넷을 통해 일본에 알려지지 않은 영화를 볼 수 있다. 다만 그런 확대가 너무 급속도이고 끝없이 이루어지니까 이런 걸 다루는 비평가가 없다. 또 이런 것을 다루겠다는 뜻을 품은 매체도 없다. 그들은 과거 영화사에 매달리거나 일본에서 개봉하는 영화에 근시안적으로 주목할 뿐이다. 지금 막 만들어지는 역사를 보려고 하지 않는다. 나는 그게 시시했다.

그때 나를 매료한 대상은, 남에게 돈을 받는 것도 아닌데 그저 자기가 쓰고 싶다는 이유만으로 인터넷에 영화 이야기를 마구마구 써대는 재야의 시네필들이었다. 온라인 세상에는 제한이 없다. 그러니 일본에 공개되지 않은 영화에 관해서도 글을 쓰는 사람도 아주 많았다. 구작이나 신작이라는 구분도 없고, 국경조차 존재하지 않았다.

나는 그런 글을 게걸스럽게 읽었고, 수십 편이 넘는 작품을 감상하다가 그들처럼 되고 싶다고 생각했다. 적어도 일본 영화 비평가 중에는 계속 확장되어가는 세계에 흩어진 개개의 작품을 선으로 연결하려는 지성이 아예 사라진 듯했다. 이 지성은 호기심에 따라 움직이면서 인터넷에 퍼진 시네필들의 영혼에 깃들어 있었다. 나도 그런 존재가 되어야 한다고 생각했다.

나는 그들을 '영화 광인'이라 부르고 싶다. 이건 괴이할 정도로 영화를 보고 비평을 쓰는 내 모습을 보고 어떤 친구가 붙여준 별명이다. 그래도 나는 이 '영화 광인'이라는 명예가 어울리는 건 그들이라고 생각한다. 물론 나를 그렇게 불러주면 기쁜데, 그들과 비교하면 아직 그 길을 가는 도중이다. 아무튼 이러저러해서 나는 자연스럽게 '일본에 공개되지 않은 작품'을 닥치는 대로 보고 비평을 쓰는 일을 시작했다.

중고등학생 시절에 이런 적이 있지 않았나? 소설로 예를 들면, 주변에서는 라이트노벨을 읽는데 나쓰메 소세키나 다니자키 준이치로를 읽는 나, 대박 멋있다. 영화로 치면, 주변에서는 할리우드나 일본의 오락 영화를 보는데, 장뤼크 고다르를 보는 나, 완전 힙하다. 그러니까 이렇게 '주변과 다른 내가 멋짐'이라는 사춘기다운 나르시시즘을 겪어보지 않았느냐는 소리다.

이런 자의식 과잉은 결국 바보 취급을 받는다. 나쓰메 소세키 정도로 마이너 취향인 척하다니 우물 안 개구리라거나, 고다르 정도로 똑똑하다는 착각을 하다니 중2병도 정도가 있다는 식으로. 이렇게 모난 돌은 마구마구 얻어맞고 사춘기 정소년은 상처받으며 어른이 된다.

그래도 나는 이런 '주변과 다른 내가 멋짐'이라는 자의식을 가진 자신에게 좀 더 다정하게 대해도 좋다고 본다. 이런 자의식을 사춘기의 방황에서 그치지 않고 나아가 인생의 미학으로 키워가는 놈이 있어도 좋지 않은가. 나는 이런 독아론(獨我論), 즉 하나뿐인 자기 자신을 끝끝내 파고들어야만 도달할 수 있는 미지의 영역이 있다고 믿는다.

그러니 나는 '주변과 다른 내가 멋짐'이라는 나르시시즘에 인생을 걸었다. 그건 루마니아와 루마니아어에 인생을 거는 것이기도 했다.

운명처럼 다가온 루마니아 영화

이 시절에 나는 정말 영화를 대량으로 봤는데, 그 영화들에 대한 기록을 전부 남겨두었다. 내 방, 굉장히 지저분한 책상 위에는 먼지가 수북하게 쌓인 영화 노트의 산이 있는데, 2011년부터 지금까지 기록한 것이 마흔네 권으로 그중 2015년부터 쓴 것이 서른 권이다. 한 페이지에 영화 한 편, 그것이 마흔 권을 넘으니 요 10년간 도대체 몇 편의 영화를 봤을지는… 상상에 맡기겠다.

노트에 적힌 영화 제목들만 나열해도 책 한 권 분량은 될 것이다. 모든 영화를 언급하는 것은 불가능하고, 안 그래도 영화 이야기를 시작하면 길어지니까 그런 내용은 개인적으로 운영하는 영화 블로그 〈사이토 뎃초 Z-SQUAD!!!!!鉄腸野郎 Z-SQUAD!!!!!〉를 검색해서 봐주시기를.

그래도 딱 한 편, 내 인생을 송두리째 바꾼 작품은 말하고 싶다. 코르넬리우 포룸보이우 감독의 루마니아 영화 〈경찰, 형용사Poliţist, Adjectiv〉다. 내 뇌를 루마니아어 사전으로 후려치고 반강제로 루마니아 문단으로 끌고 간 대단한 은인이다.

우선 줄거리를 소개하겠다. 주인공은 크리스티라는 이름

의 경찰관. 그는 어떤 고등학생이 마리화나를 밀매한다는 정보를 얻고 조사에 들어간다. 그런데 고등학생은 마리화나를 피우기만 하지 밀매꾼으로 활동하는 것 같지는 않다. 그 사실을 상사에게 보고하고, 크리스티는 그를 체포해서 몇 년이나 교도소에 가두는 것이 옳은지 묻는다. 게다가 EU에 가입하면 루마니아의 법은 명백히 개정될 텐데, 그 법에 따르면 소년은 무죄다. 그런데도 옛 법률로 그를 처벌해도 되는 것일까.

그러나 그 말을 들은 상사는 망설임 없이 소년을 체포하라고 명령하고, 크리스티는 고뇌한다.

이 작품은 나에게 아주 중요한 영화다. 영화 비평가로서는 루마니아 영화에 푹 빠져서 루마니아 비평가나 시나리오 작가와 관계를 맺은 계기가 되었고, 돌고 돌아 소설가로서 활동하기 위한 연결고리도 만들어주었으니까.

하지만 루마니아어를 배우게 된 계기로서 특히 중요한데, 왜냐하면 이 영화가 언어, 바로 루마니아어 자체를 주제로 삼은 작품이기 때문이다. 작중에서 수없이 루마니아어가 화제에 오른다. 이를테면 유튜브에서 흘러나온 왕년의 명곡을 듣더니 루마니아어 수사법을 토론하기 시작하거나, 주인공이 연인과 말다툼하는데 왜 그러나 지켜보면 정관사를 잘못 쓴

게 원인이다.

즉 언어학적 통찰, 그것도 보편성보다는 루마니아어의 독특함을 둘러싼 통찰이 풍부하다. 영화도 훌륭하지만, 루마니아어 그 자체에 푹 빠지게 되는 작품이다.

그나저나 이런 내용이 줄거리인 형사물과 어떻게 이어지는가. 경찰서장은 소년의 체포를 주저하는 주인공을 자기 방으로 불러 경찰관으로서 직업윤리를 설명한다. 크리스티는 양심을 이유로 체포를 거부하는데, 서장은 그 conștiință(콘스틴차: 양심)의 의미를 물으며 뭔가를 가지고 온다.

그것이 어마어마하게 두툼한 루마니아어 사전이다. 서장은 주인공에게 사전에 적힌 양심의 정의를 읽으라고 명령한다. 루마니아어 문자열을 끝까지 읽게 한 뒤, 또 '양심의 가책'과 '법' 항목도 읽으라고 요구한다. 주인공이 다 읽자, 서장은 마지막 질문을 던진다. 물론 루마니아어로.

모든 것이 다양한 의미나 해석에 열려 있다면, 거기에는 혼돈이 펼쳐진다. 이를 방지하기 위해 질서를 주는 것이 법이다. 경찰관은 법 집행자다. 그런 존재가 사전의 정의에서 벗어나 지극히 개인적인 '양심'에 따라 일을 방기하는 것은 곧….

오랜만에 〈경찰, 형용사〉를 다시 봤는데, 루마니아라는 사회에서 루마니아어의 역할을 근본부터 질문하는 이 귀기 어린 장면에 역시 심장이 떨렸다. 루마니아어뿐 아니라 이 정도로 언어를 사색한 영화는 이전에도 이후에도 본 적 없다.

이렇게 루마니아어 사전에 직격으로 뇌를 얻어맞는 경험을 한 셈인데, 나는 이 장면을 보면서 처음으로 루마니아어를 듣고, 처음으로 루마니아어를 알고, 처음으로 루마니아어를 발견했다고 실감했다. 그러니 지금은 이 영화를 보고 루마니아어로 소설이나 시를 쓰기 시작한 것은 필연적이라고 할 수밖에 없다고 생각한다.

나는 루마니아 영화를 더 알고 싶다고 절실하게 바랐다. 그러려면 루마니아어를 필수 불가결하게 배워야 했다. 돌이켜보면 이 지적 호기심은 도시의 어둠을 밝히는 가스등과 같았다.

루마니아어 학습으로

그나저나 이건 내 생각인데, 외국어 학습에서는 대화할 수 있는 것을 무엇보다 우선하는 것 같다.

　일본에서는 영어를 배울 때, 특히 영어 회화가 가능한 것을 중요하게 여긴다. 학교에서도 외국어 학원 스타일로 영어를 가르치는 수업이 많아져서 교사가 "길에 다니는 외국인에게 영어로 말을 걸어봅시다!"라고 부추기기도 한단다.

　이런 공부법은 무조건 '속도'를 중요하게 여기는 것처럼 보이기도 한다. 대화는 상대가 말하고 내가 대답하고 또 상대가 대답하는⋯ 말의 캐치볼을 귀에도 남지 않는 속도로 해치우는 것이다. 따라서 영어 회화에서는 이런 실력을 키우려고 한다.

　나는 외국어로는 물론이고 모국어로도 이런 회화가 고역이다. 귀로 정보 처리하는 것이 느린 탓인지 도무지 대화를 따라가지 못한다. 일대일로 나누는 대화면 그나마 나아도 세 명 이상이면 포기다.

　내 성격에 맞는 소통 수단은 채팅처럼 인터넷에서 손으로 쳐서 보내는 메시지였다. 수신해도 곧바로 대답할 필요가 없다. 특히 외국어면 아무리 간단한 말이라도 사전을 찾으며 답변을 쓸 수 있어서 좋다. 그 과정에서 서두르지 않고 외국어를 생각하는 것이 곧 외국어로 생각하는 것으로도 이어진다.

또 외국어는 꼭 의사소통하기 위해서 쓰는 것만은 아니다.

이 글을 쓰는 지금은 5월인데, 밤바람이 제법 기분 좋아서 창문을 열어두었다. 심야 1시쯤 뇌 과학에 관한 책을 다 읽어서 이제 슬슬 잘 생각이다. 그래도 은은한 밤바람을 맞았더니 뭔가 이 세상에 시상이란 걸 느꼈다. 그래서 노트를 펼쳐 루마니아어로 뭔가를 적었다. 시일지도 모르고 단순한 단어의 나열일지도 모른다.

그래도 뭐든 좋다. 내게 중요한 것은, 나를 둘러싼 그저 어디까지나 일본이라는 느낌을 전부 루마니아어로 생각하는 것이다. 일본어로 이루어진 내 세계를 루마니아어로 느긋하게 재인식하는 것이다.

뭐, 이득 될 것도 없고 세상에 도움도 안 된다. 그저 나를 위해서 하는 일이다. 이게 최고로 즐겁다.

이런 자세로 루마니아어를, 아니, 어학 자체를 공부할 때면 내 마음에 찾아오는 사람들이 있다.

크론병에 걸리기 전에는 히키코모리지만 일단 밖에 나가 아르바이트를 했는데, 〈피아 영화 생활〉이라는 영화 사이트와 관련된 것이었다. 매주 토요일에 도쿄 영화관을 돌아다니며 출입구에서 관객에게 관람한 영화가 백 점 만점에 몇 점인지 평을 묻거나 감상을 듣는 일이다.

나는 이 일을 5년쯤 했다. 적은 액수지만 돈을 벌 수 있었고, 내게는 인터넷을 제외하고 사회와 연결되는 유일한 통로여서 많은 도움을 받았다. 코로나 때문에 아르바이트는 물론이고 〈피아 영화 생활〉이라는 사이트 자체가 문을 닫았지만, 이곳이 없었다면 지금의 나는 틀림없이 존재하지 않는다.

이 아르바이트를 하다가 시네마트 신주쿠라는 영화관에도 간 적 있다. 여긴 한국 영화의 성지로, 설문조사를 하려고 대기하면 한국 영화를 좋아하는 중년 여성들이 엘리베이터를 타고 우르르 쏟아져 나온다. 혼자 걷는 사람도 있고, 친구와 재잘거리는 사람도 있다. 어느 쪽이든 다들 걷는 속도가 엄청나게 빠른 것이 공통점이다. 그들의 걸음걸이에서는 넘쳐흐르는 활기와 흥분이 엿보였는데 나까지 그런 기분에 전염될 정도였다.

그런 여성들은 내가 관람한 영화의 점수를 물어보면 무시하지 않고 대답해줄 뿐만 아니라 알아서 감상을 말해주었다. 참 고마웠다.

놀라운 점은 "한국에서 이미 봤지만…"이라고 말하는 사람이 있다는 거였다. 게다가 그런 사람을 몇 번이나 만났다. 때때로 "한국어를 몰라서 그때는 잘 이해하지 못했지만…" 같은 겸손한 말이 이어진다.

나는 그 말을 별로 믿지 않았다. 그들이 언어화하는 감상을 들어보면, '영화를 몇 번 본 수준' 이상으로 한국 영화와 배우, 나아가 한국 문화에 대한 지식과 사랑이 뒷받침된 말이라는 것을 자연스럽게 알 수 있었다.

그러니 나는 사실 그들이 한국어를 꽤 잘 알고, 한국에서 영화를 이미 본 다음에 일본에서 개봉하면 또 본다고 짐작했다. 아마 설문조사를 한 다음에도 또 볼 것이다.

나는 그들의 열의, 지식욕, 그리고 호기심을 몹시도 깊이 존경한다.

실제로 어떨지는 모르겠으나, 나는 그들이 한국 영화와 배우에게 품은 사랑이 한국어라는 언어로까지 이어졌다고 생각했다. 딱히 어딘가에 쓸모가 있어서가 아니라 그저 인생을 즐기기 위해 한국어라는 언어를 익힌다는 것이 느껴졌다.

앞서 잠깐 언급한 '독아론'이라는 단어가 있지 않나. 철학에서 자주 쓰는 말. 의미는 다양한데, 어째서인지 내 안에서 이 단어는, 이 멋진 아주머니들이 열의와 지식욕, 호기심에 따라 자기 길을 걸어가며 인생을 즐기는 모습과 연결된다.

루마니아어를 공부할 때면 항상 내 마음속에는 그 여성들이 있다. '다른 누가 아니라 나를 위해 인생을 살아!'라는 지혜를 가르쳐줬으니까.

루마니아어 학습,
그 고통스러운 가시밭길

어학 오타쿠의 길은 죠죠에 품은 열광에서

애초에 나는 어학을 좋아해서 뼛속까지 어학 오타쿠다.

어학은 멋진 취미다. 세간에서 어학은 외국인과 의사소통하고, 일본에서는 배우지 못하는 것을 배우기 위한 수단으로 여겨진다.

그러나 내게는 어학 자체가 곧 목적이다. 다른 것과 연결된다면 그것대로 재미있지만, 나는 특별히 그러기를 바라지 않는다.

새로운 언어를 배우는 것 자체가 즐겁다!

이런 감정의 싹은 고등학생 시절에 움텄던 것 같다. 영어는 완전 젬병이었다. 체육, 수학, 과학, 그리고 영어. 내가 끔찍하게 못하는 교과목 4대 천왕이다. 시험을 보면 40점 정도가 예사였으니까 진짜로 영어를 못했다. 뭘 어떻게 모르는지도 모르는 최악의 속수무책 상태였다.

그렇지, 영어 수업 중에 장래 희망을 적어보자는 시간이 있었다. 뭘 썼는지는 까맣게 잊었는데, 그때 나는 예문의 I want를 I wanna라고 적었다. '~하고프다'라는 의미가 될 줄 알았고, 그때는 이런 입문편 같은 슬랭을 써서 돋보이고 싶은 나이였다. 교사에게 제출하고 다음 수업 시간에 다시 받았는데, 돌려받은 종이에는 I wanna가 무자비하게도 I want로 고쳐져 있었다. 찢어진 상처에 반짝이는 선혈 같은 빨간 펜으로.

크게 실망했던 것을 똑똑히 기억한다. 물론 수업이니까 정확하게 고치는 건 당연하지만, 동시에 이 정도의 슬랭을 완전히 틀렸다고 할 필요까지는 없었을 텐데 하는 생각도 든다.

한마디로 나는 '강제로' 학습하는 상황이 싫었다. I wanna 정정은 모처럼 스스로 나서서 학습하려고 했던 나를 '강제로' 학습하는 영역으로 되돌려놓는 것이었다. 이런 상태니 학교에서는 전혀 영어를 배우지 못했다. 나 같은 사람, 의외로 많지 않을까.

그래도 어학은 학교에서만 배우는 것이 아니다. 오히려 진정한 어학의 즐거움은 학교 밖에서 기다리고 있을 때가 많다. '죠죠'가 내게 그걸 가르쳐주었다. 그래, 그 유명한 만화 『죠죠의 기묘한 모험』 말이다. 만화 중에서 제일 좋아할 정도로 나는 '죠죠'의 열성팬이다. 학교에서 만화책을 빌려 그 시점에 전권 나왔던 제6부 「스톤 오션」까지 전부 읽었다. 인간 찬가 같은 이야기는 히키코모리 기질인 인간과 제일 동떨어졌다고 생각하기 마련이겠지만, 오히려 지금까지 살아올 수 있는 희망이 되어주었다. 한때는 작가인 아라키 히로히코처럼 그림을 그리고 싶어서 집에서 혼자 따라 그렸던 기억도 있다. 그러고 보니 당시 〈아사메 신문〉이라는 웃긴 그림을 올리는 사이트가 전성기였는데, 도라에몽이나 사자에 씨 같은 캐릭터를 죠죠풍 근육질로 그리는 것이 유행했다. 그런 시대 분위기도 한몫해서 나도 서툰 솜씨로 웃긴 그림을 그렸다. 아아, 그리운 시절이다.

'죠죠' 제5부 「황금의 바람」은 이탈리아가 무대다. 구역질이 나는 사악한 악당을 무너뜨리기 위해 주인공들이 이탈리아를 횡단하며 사투를 벌인다. 그 내용을 따라가는 것은 참으로 뇌척수액이 두개골을 뚫고 나올 것처럼 흥분되는 경험이었다.

'죠죠'에 흠뻑 빠져든 그 시절의 나는 등장인물의 이름이 전부 이탈리아어라는 사실을 어딘가에서 주워들었다. 주인공 죠르노는 '태양'이라는 뜻이고, 주인공의 동료인 나란차와 미스타는 각각 '오렌지'와 '섞다'인 식이다. 그중에서도 인상적이었던 인물이 기아초라는 희귀한 이름을 가진 적 캐릭터였는데, 이게 '얼음'이라는 뜻이라나 뭐라나. 발음이 우스꽝스러워서 도대체 이탈리아어가 어떤 언어인지 흥미를 느꼈다.

지금 생각하면 참 놀라운데, 나는 용돈으로 이탈리아어 교재를 샀다. 교토 요시오의 『문법부터 배우는 이탈리아어^{文法から学べるイタリア語}』라는 책이다. 지금도 책장에 꽂혀 있는데, 판권면을 보면 2008년 7월 10일 발행이라고 적혀 있다. 게다가 책 사이에 고등학생인 내가 케이크를 만드는 사진이 책갈피처럼 끼워져 있다. 다양한 의미에서 뭉클했다.

고등학생인 나는 이 교재를 보면서 아주 기묘한 세계를 목격한 기분을 느꼈다.

가령 이유가 뭔지 모르겠는데, 명사가 남성형과 여성형으로 나뉜다. 아니, 단어에 성별이 있다니 무슨 소리야? 일본에도 예전에는 '간호부'와 '간호사' 같은 구분이 있긴 했다만, 이탈리아어는 ghiaccio(얼음)는 남성이고 arancia(오렌지)는 여성이란다. 도대체 무슨 기준으로 성별을 정하는 거지?

게다가 주어에 따라 동사가 변한단다. 예를 들어 '내가 간다'라면 vado이고 '죠르노 죠바나가 간다'라면 va이고 '나와 죠르노가 간다'라면 andiamo, 대체 이게 뭐냐고?

그게 현재형과 과거형으로 또 나뉘니까 엄청났다. 영어의 시점에서 삼인칭 단수 's'라는 놈 때문에 골치가 아팠는데 이탈리아어는 전부 다 변한다고 하니, 제정신이 아니다. 말도 안 되는 세계에 발을 들였다고 생각했다. 그래도 이런 걸 배우는 것이 즐거웠다. 영어를 접할 때와 비교도 안 될 만큼 기분이 상쾌했다. 즉 '강제로' 학습하는 것이 아니라 능동적으로 나서서 학습하는 행위가 즐거웠다. 아마도 내 성향 탓일 테다. 고전 수업 때는 고문을 읽는 게 고통스러웠는데, 지금은 이 책을 쓰는 사이사이 연구서를 한 손에 들고 『만요슈』를 읽는 게 즐거워 미치겠다. 아아, 이 훌륭한 어학 오타쿠의 길, 이 길을 걸으면 평생 질리는 일이 없을 것이다.

그래서 대학에 입학했는데, 앞서 언급했듯이 이 시기는 완전히 자포자기한 상태라 뭘 배우든 최대한 노력을 적게 들이고 싶었다. 그래서 제2 외국어를 고르다가 스페인어가 이탈리아어와 비슷한 걸 알았다. 죠죠 덕분에 다소 이탈리아어 지식이 있었으니까 공부하기 쉽겠다는 속셈으로 스페인어를 선택했다.

곧 이 속셈이 틀리지 않았다는 걸 알았다. 앞서 언급한 명사의 남성형, 여성형이나 동사 변화가 비교적 익숙했다. 명사로 예를 들면, 스페인어로 얼음은 hielo로 남성형, 오렌지는 naranja로 여성형이어서 이탈리아어와 성별이 같다. 또 어미가 'o'라면 남성이고 'a'라면 여성인 기본 규칙이 비슷했다. 이런 식으로 비교적 수월하게 이해할 수 있었다.

그러나 여기에서도 학습에 대한 태도가 걸림돌이었다. 내가 학습하는 것이 아니라 '강제로' 학습하는 상황에 놓였다. '강제로' 학습하는 기분이 들면 뭐든지 다 시시하다. 손톱만큼이라도 호기심을 느끼지 않으면 도무지 공부할 열의가 안 생긴다. 어설프게 이탈리아어 지식이 있으니까 그 지식을 활용해 최소한으로 공부하면 시험은 어떻게든 돌파할 수 있었다. 그러니 스페인어와의 거리는 여전히 멀었다. 소원해져서 관심이라곤 전혀 없는 친척처럼.

한편 영어에서는 흥미로운 전환점이 있었다. 대학 강의를 다 듣고 나면 같이 놀 친구도 없는 나는 시청각실에 가서 영화만 봤다. 그러다 DVD로 영화를 틀 때 일본어 자막뿐 아니라 영어 자막으로도 볼 수 있다는 걸 알았다. 그래서 기분이 내키면 영어 자막으로 영화를 봤는데, 신기하게도 이때에 이르러 나는 영어를 '강제로' 학습하는 것이 아니라 자연스럽게 '스스로' 학습하게 되었다.

대학 입시를 준비할 때는 생각도 못 하던 일이다. 당시 나는 대면이 아니라 동영상으로 공부하는 학원에 다녔다. 그때는 오후 내내 영어를 공부해야 했다. 책상과 컴퓨터만 잔뜩 놓인 비좁은 교실에서 강제로 모니터를 바라보며 영상에 나오는 누군지 모르는 선생님에게 영어 문법을 일방적으로 주입당했다. 마치 군대에서 무기 사용법을 익히는 것처럼 반년 사이에 중고등학교 6년간의 영문법을 통째로 뇌에 쏟아부었다.

그야말로 세뇌였다. 입시를 마친 시점의 내 상태는 일단 영어를 이해할 수는 있었지만, 전쟁터에서 귀환한 병사가 PTSD를 겪듯이 영어에 관해서는 극심한 울렁증이 생겼다. 이렇게 영어에 트라우마가 생기긴 했으나 결과적으로 시청각실에서 미국 영화를 원어로 즐기는 데 도움이 되었다. 매일 영화를 한두 편씩은 봤는데, 몇 번이나 영어 자막으로 영화를 즐겼으니까 어떤 의미에서 무의식적으로 트라우마를 치료했을지도 모른다. 무시무시한 무기를 어느새 평화롭게 이용할 수 있게 됐다.

게다가 나중에는 졸업하고 히키코모리로 살면서 일본에 공개되지 않은 영화, 즉 영어 자막밖에 없는 세계의 영화를 보는 데 도움이 됐으니 인생이란 어디로 흘러갈지 알 수 없는 것이다.

그러나 이 시기는 늘 정신이 벼랑 끝에 몰린 상태였다. 영화로 치료했다지만 영어는 역시 트라우마의 온상이었고, 여기에만 푹 빠져 있었더니 언어 면에서도 점점 광기로 내몰리는 감각이 있었다. 조금씩 바닥없는 늪으로 빨려 들어가는 듯했다. 그때 갑자기 하늘에서 내려온 것이 루마니아어였다.

여기까지 읽고 나처럼 언어 오타쿠인 사람은 내가 루마니아어에 빠진 것은 필연이었다고 생각할 수 있겠다. 왜냐하면 루마니아어도 스페인어나 이탈리아어와 마찬가지로 로망스어군에 속해서 두 언어와 비슷한 부분이 많기 때문이다. 특히 이탈리아어와 루마니아어는 두 나라 사람들이 서로 자기 언어로 말해도 일상 대화쯤은 무리 없이 의사소통이 가능할 만큼 닮았다. 그러니 로망스어군의 흐름으로 루마니아어에 도달하는 것은 필연적이라고 여기리라.

나도 어느 정도는 필연이었다고 생각하는데, 그렇다고 루마니아어를 배우기 쉬웠느냐고 하면 전혀 그렇지 않았다. 루마니아는 슬라브어권인 불가리아와 세르비아에 둘러싸였다. 또 헝가리어나 알바니아어처럼 주변과 비슷한 말이 거의 존재하지 않는 고고한 언어들에도 영향을 받아서 다른 로망스어군과 비교하면 세부가 굉장히 다르다.

예를 들어 명사에 격변화가 있다. '~의'라고 말하고 싶으면 다른 로망스어군처럼 전치사를 쓰는 게 아니라 명사 어미를 바꾼다. 이건 라틴어가 로망스어군으로 발전하는 과정에서 폐기된 특징인데, 루마니아어는 격변화가 있는 슬라브어, 예를 들어 세르비아어나 우크라이나어에 둘러싸인 영향으로 로망스어군 언어 중에서는 유일하게 이 특징을 유지한다.

또 발음이 입을 오므리는 듯한 느낌인데, 이것도 슬라브어의 특징을 반영한 것이다. 한마디로 루마니아어는 일단은 로망스어군이면서 로망스어군과 슬라브어 사이에 낀 유일무이한 언어다.

그러니 어느 정도는 공부하기 쉽다고 할 수 있지만, 오히려 세부 차이 때문에 머리가 복잡한 적이 종종 있었다.

다른 언어와 다르게 루마니아어가 이렇게까지 심금을 울린 것은, 혹은 심금을 울릴 정도로 깊이 공부할 수 있었던 것은 다양한 요소가 겹쳤기 때문이다. 우선 고등학생 때와 달리 언어를 공부하는 방법을 어느 정도 알았고, 영어를 마스터한 덕분에 일본어 밖에서도 정보를 얻을 수 있는 상태였다. 거기에 앞서 언급한 〈경찰, 형용사〉에서 루마니아어 사전으로 얻어맞은 충격 덕분에 유례없이 배움에 대한 열의가 넘쳤다.

그래도 제일 중요한 요소는 루마니아어에 관해서 아는 사람이 한 명도 없었다는 점이다. 일본 서점에는 관련 서적이 전혀 없었고, 심지어 대학에서도 전문적으로 배울 곳이 없었다. 애초에 루마니아어 자체를 아는 사람이 적었다. 같은 로망스어군, 위에서 언급한 두 언어나 프랑스어와 비교하면 지명도가 천지 차이다. 세계적으로 봐도 그랬다. 아무도 루마니아어에 관심이 없었다.

그러니 나는 이런 생각에 도달했다. 마이너한 언어를 배우려는 나, 완전 힙해….

이렇게 나는 루마니아어라는 드넓은 바다로 헤엄쳐 나갔

다. 루마니아어로 시작한 나의 언어 학습은 극에 달했는데, 결과로 말하자면 지금은 완전한 어학 오타쿠다. 집에 어학 참고서가 무진장 많은데, 이제는 공부용이 아니라 재미있는 읽을거리로 여기며 몇 번이나 들춰본다. 노르웨이 영화와 인도네시아 영화에 빠졌을 때 샀던 노르웨이어와 인도네시아어 교재, 프랑스인과 데이트했을 때 샀던 프랑스어 교재(히키코모리는 데이트하면 안 되나?), 내 소설이 라트비아어로 번역되었을 때 산 라트비아어 교재 등등.

나는 그저 나의 즐거움만을 위해 마음 내키는 대로 경박하게 하고 있다. 새로운 언어를 배운다면 즐기는 사람이 이기는 법이니까.

슬프도다, 루마니아어의 입지

아무튼 나는 운명의 언어 루마니아어와 만났는데, 곧 슬픈 사실을 깨닫는다. 루마니아어의 입지는 참으로 미묘하다. 이 울분을 풀 길이 없는데, 유럽에서 특히 업신여기는 것 같다. 완전히 송사리 취급이다.

우선 루마니아의 40대 이하 젊은 세대는 다들 외국어가 유창하고 특히 영어를 어찌나 잘하는지, 일상생활이나 최소한 나와 대화할 때 아무 지장 없이 말한다. 그러니 어학 면에서 루마니아인은 일본인보다 감각이 발달했다고 해도 좋겠다.

루마니아어는 로망스어군이니까 영어와 프랑스어를 비교적 쉽게 배울 수 있겠지만, 그들이 어학에 뛰어난 이유가 또 하나 있다. 먹고살아가는 데 루마니아어만으로는 팍팍하니 세계, 특히 유럽권에서 쓰는 다른 언어를 배워야 한다.

루마니아어는 슬프게도 유럽의 최빈국 중 하나로, 좀 더 나은 삶을 위해 국외 이주하는 사람이 많다. 대부분 프랑스나 이탈리아, 또 영국 같은 유럽권에 산다. 영국은 이미 EU에서 이탈했지만, 이런 이주국들이 과거형이든 현재진행형이든 EU에 속한 나라들인 것이 중요 포인트다. 루마니아가 EU에 가입한 2007년부터 국외 이주가 훨씬 가속화됐다.

루마니아어를 포함한 동유럽 이민자 중에는 노동 조건이 가혹한 일, 꼽자면 식용육 가공이나 매춘 같은 일에 종사하는 사람들도 많다. 이런 직업에 대한 차별 의식이 그들에 대한 차별로도 이어지고, 현지 노동자들 또한 "우리 일자리를 빼앗아 간다!"라며 적대시한다. 서유럽은 이런 이유로 동유럽

이민자를 가혹하게 대하고, 북유럽 복지국가는 그들의 희생으로 성립된다. 물론 아무도 이런 것을 문제 삼지 않지만 말이다.

이런 상황에서 루마니아 사람들이 이주국의 언어를 배우고 루마니아어를 어느 정도 버리는 것은 어쩔 수 없는 선택이다. 모국어를 버려야 하는 마음은 어떨지, 일본에 있는 나는 상상하기도 어렵다.

루마니아어의 연약한 입지를 놓고 2022년에는 어떤 사건이 생겼다. 유럽 축구 챔피언스리그에서 한 심판이 카메룬 출신 어시스턴트 코치에게 인종차별적인 발언을 했던 사건, 기억하는가? 이른바 n-word에 해당하는 흑인 차별 발언을 해서 난리가 났고 일본에서도 꽤 뉴스에 나왔던 것 같다.

그 심판은 세바스티안 콜테스쿠라는 인물로, 사실 루마니아인이다. 그는 아프리카계 코치를 가리켜 negru라고 말했는데, 이건 '검다'는 의미의 루마니아어다. 기본적인 어휘여서 나도 자주 쓴다. 영어로 아프리카계 사람들을 black people이라고 하듯이, 루마니아어에서는 oameni negri라고 한다.

이 negru가 n-word와 비슷한 것 맞는데 사실 어원이 같으니까 당연하다. 이 단어를 국제 무대에서 쓰면 그렇게 들릴 테니 배려가 부족한 발언이었다고 규탄받는 것은 피할 수 없다. 나도 어리석었다고 생각한다.

그러나 그 심판이 루마니아인이고 그가 말한 negru라는 단어가 루마니아어라고 잠깐이라도 생각한 사람은 없을까? 정확하게 판정하려고 자기 모국어로 말했더니 차별 발언이라고 규탄당한 인간의 심정을 헤아린 적 있나? 자기 언어를 말했을 뿐인데 차별이라고 규탄받는 것이 대체 어떤 기분인지 생각해본 사람이 있는가?

이후 인종차별 발언이 아니라고 인정받았지만, 나는 너무 슬펐다. 게다가 그 후에 더 슬픈 일이 생겼다. 이 차별 문제를 놓고, 심판의 발언이 차별로 여겨진 것에 대한 항의와 심판과의 연대를 보여주기 위해 루마니아 사람들은 페이스북에서 #JeSuisColțescu라는 해시태그를 썼다.

프랑스에서 이슬람교를 풍자한 신문사를 이슬람 과격파가 쳐들어가 총기를 난사한 샤를리 에브도 테러가 있었던 것을 기억하는가. 이 사건 이후로 이른바 표현의 자유를 지지하는 사람들이 #JesuisCharlie라는 슬로건을 내세웠는데, #JeSuisColțescu는 이걸 본떠 항의하는 슬로건이다.

그런데… 이건 프랑스어 아닌가. 즉, 서방 제국의 가치관이 곧 전 세계 시민들의 의견인 양 여겨지는 것에 항의하기 위해 서방 제국의 패권 언어인 프랑스어를 써야 했다.

이럴 때 #EuSuntColțescu라는 루마니아어를 쓰진 못한다. 왜냐하면 루마니아어는 아무도 모르니까.

전 세계에서 보면 루마니아어는 하염없이 자그마해서 아무도 그 말을 들어주지 않는다. 다른 동유럽 언어도 이와 비슷할 것이다. 나도 그 심판은 국제 무대에서 배려가 부족했다고 생각한다. 그러나 자기 모국어에 아무도 경의를 표현하지 않고 철저하게 무시당하는 분통함과 슬픔이 존재하는 것도 마음 한편에 넣어두면 좋겠다고 생각했다.

그런데 일본에서도 비슷한 일이 벌어졌다. 언젠가 영화제에서 루마니아 영화가 특집 상영된 적이 있다. 이것 자체는 정말 기쁜 일인데, 특집 상영의 제목이 '루마니아의 블랙 웨이브'였다.

진짜 기가 막혔다. 여러 가지 의미로.

먼저 일본에서도 블랙 기업이나 블랙 유머 같은 단어는 아프리카계 사람들에게 실례니까 쓰지 말자는 주장이 있다. 왜냐하면 블랙이 개선해야 할 악이나 꺼림직한 감정과 연결되어 마이너스 이미지를 만드니까. 그게 돌고 돌아 블랙에 대한 부정적인 이미지가 흑인에 대한 편견으로 이어질 것을 상상할 수 있다.

나는 언어란 인간의 의식을 상정하는 가장 으뜸가는 것이라 생각한다. 인간은 언어가 없으면 생각하지 못한다. 그러니 평소 사용하는 '블랙'이라는 단어가 지금 말한 것처럼 부정적인 이미지와 연관되는 것에만 쓰이면 '블랙' 자체를 나쁘다고 생각하는 사고가 자리 잡는다. 그러면 흑인에 대한 차별 의식으로 이어질지도 모른다.

그러니 표현을 바꿔야 하고, 이런 것을 바꾸지 않으면 인간이란 존재는 영원히 바뀌지 않는다. 나의 이 주장을 두고 '고토바카리(言葉狩)'[1]라고 비난해도 좋다.

자, 특집 상영 제목에 이 단어를 쓴 것은 루마니아 영화에는 블랙 유머가 있기 때문이다. 나도 루마니아 영화에는 이 상황을 웃으면서 봐도 될지 고민에 빠뜨리는 어두운 유머가 있다고 생각한다. 다만, 그걸 블랙 유머라는 단어로 표현하는 건 태만이다. 다른 단어를 찾아주면 좋겠다.

---

[1]   특정한 말을 이데올로기 대립이나 차별 등의 문제로 사용하지 못하게 하는 사회적인 규제를 부정적으로 일컫는 말. — 옮긴이

또한 '루마니아의 블랙 웨이브'라는 제목은 원래 '유고슬라비아 블랙 웨이브'라는 유고슬라비아의 전위적인 영화를 가리키는 표현이다. 딱 봐도 알 텐데, 이 표현을 비틀어 너무도 안이하게 붙인 제목이다.

새로운 영화를 일본에 소개한다는 자부심이 있다면, 귀찮다고 다른 이름을 훔쳐 오지 말고 좀 더 생각해주길 바랐다. 게다가 유고슬라비아와 루마니아, 같은 동유럽이니까 괜찮다는 속셈도 있었을 게 뻔하다. 이런 재탕하는 태도, 솔직히 인상이 별로다.

루마니아 영화에 진심이었다면 '루마니아의 새로운 파도'라는 의미의 Noul val românesc(노울 발 로므네스크)라고 루마니아어로 써주길 바랐다. 관객이 익숙하게 여기길 바라 영어를 쓴다면, 최소한 루마니아 비평가도 평범하게 쓰는 Romanian New Wave(루마니안 뉴웨이브)를 써주면 좋았을 것이다.

마지막으로 안일한 제목 짓기의 가장 큰 문제점은 앞서 언급한 축구 선수 사건 때문에 루마니아에서는 '블랙'이 민감한 단어가 되었다는 것이다. 그런 걸 전혀 고려하지 않고 대충 블랙 웨이브 같은 단어를 쓰다니 무지한 것도 정도가 있다.

루마니아 영화가 일본에 소개되는 건 당연히 기쁜데, 루마니아어에 대한 관심과 경의는 부족하지 않았는가. 자국의 언어를 쓸 기회를 매일매일 빼앗기는 동유럽 국가에 대한, 그 언어에 대한 무관심이 너무도 무거워서 슬펐다.

나는 그런 언어를 일본에 틀어박힌 채 공부한다. 말로 표현할 수 없는 고독감이 있다.

틀어박힌 채로 루마니아 유학

자, 그나저나 내가 어떻게 루마니아어를 공부했는지 궁금한 사람도 있겠지. 확실히 말하겠는데, 루마니아어를 일본에서 일본어로 공부하는 건 아주아주 어렵다.

루마니아어의 문법이 어려운 건 당연한데, 그보다 학습 환경을 갖추는 것이 가시밭길이라 할까. 두 손과 마음을 피범벅으로 만들 각오를 하고 가면 좋겠다.

돌이켜보건대 정말 몹시도 고독한 여정이었다.

우선 일본어로 된 교재인데, 일본에는 루마니아어 교재가 한 손에 꼽을 정도로만 있다. 같은 로망스어군에 속하는 프랑스어, 스페인어, 이탈리아어 교재는 책장에서 넘칠 정도로 있는 걸 보면, 압도적인 물량 차이에 현기증이 일고 곧 졸도하게 된다.

그래도 관점을 바꾸면 고르기 쉽다고 할 수 있다. 어디까지나 고르는 건. 일단 『처음부터 말할 수 있는 루마니아어ゼロから話せるルーマニア語』 『뉴익스프레스 플러스 루마니아어ニューエクスプレスプラス ルーマニア語』 두 권을 순서대로 공부했다. 두 권을 어느 정도 보자 읽고 쓰기쯤은 할 수 있었다. 앞으로 루마니아어를 공부하고 싶은 사람에게는 이 두 권을 추천한다. 일본어로 루마니아어를 더 공부하고 싶은 사람이라면 『루마니아어 입문ルーマニア語の入門』도 좋은 책이다. 아니, 애초에 루마니아어 문법을 제대로 배울 수 있는 교재가 이 세 권 정도다. 쉽게 입수할 수 있는 것은 앞의 두 권뿐이고….

가시밭길의 의미를 이해했을까. 그야 같은 유럽 언어라도 룩셈부르크어나 마케도니아어와 비교하면 루마니아어는 잘 갖춰졌다고 할 수 있겠지만, 슬플 정도로 도토리 키재기다. 아이고, 눈물이 앞을 가립니다.

그런데 언어를 마스터하고 싶다면, 공부 이외에도 일상에서 그 언어를 접할 기회를 만드는 게 중요하다. 그걸 제공해

준 것이 바로 넷플릭스였다.

서유럽이나 아시아권과 비교하면 작품 수가 현격히, 현격히 부족하지만 루마니아 영화를 스트리밍으로 볼 수 있다. 루마니아 본국에서 인기였던, 끔찍하리만큼 시시한 10대 대상 코미디 〈#셀피#Selfie〉와 속편인 〈#셀피69 #Selfie69〉(루마니아 영화 데이터베이스인 〈Cinemagia〉에서는 Un rahat pe băṭ '막대 꽂힌 똥, 한마디로 진심 재미없는 영화'라고 혹평한다)나 달콤한 로맨스 작품 〈러브 이즈 어 스토리Love Is a Story〉, 또 아카데미 상 감독상도 획득한 〈파워 오브 도그The Power of the Dog〉의 주제이자 현재 영화계에서 뜨거운 테마이기도 한 '해로운 남성성'을 다룬 〈아버지는 산을 움직인다Tata muta muntii〉 등이 있다… 아니, 사실은 이 네 작품뿐이다. 일주일만 있으면 다 볼 정도로 부족한 개수지만 뭐, 없는 것보다는 낫다.

아무튼 중요한 건 루마니아 영화가 아니다. 실은 넷플릭스 오리지널 작품에 루마니아어 자막을 다는 방법이 있다. 언어 설정에 Româna라는 표시가 있는데, 이걸 체크하면 작품 제목과 줄거리 등이 전부 루마니아어가 된다.

또 넷플릭스는 루마니아에도 깊이 침투했으므로 최소한 오리지널 작품에는 루마니아어 자막이 있다. 〈종이의 집

La Casa de Papel〉도 〈오징어 게임〉도 〈곤도 마리에: 설레지 않으면 버려라KONMARI ～人生がときめく片付けの魔法～〉도 루마니아어 자막으로 즐길 수 있다(참고로 루마니아어 제목은 순서대로 〈Fabrica de bani〉 〈Jocul calamarului〉 〈Curățenie cu Marie Kondo〉).

일본어 작품은 물론이고 다른 작품 몇몇 개는 일본어 더빙도 있는데, 거기에 루마니아어 자막도 달 수 있다. 작품을 감상하면서 일본어가 루마니아어로 어떻게 번역되는지 배울 수 있다. 기분만은 완전히 루마니아 유학이다.

그렇게 일상적으로 외국어를 접하는 상황을 만들어두는 것은 루마니아어뿐 아니라 언어 학습에 정말 중요하다. 일상에 언어가 뿌리내리지 않으면 자유롭게 사용하는 건 불가능하니까.

일본어 교재로 루마니아어를 공부하고, 넷플릭스를 보며 루마니아어와 가볍게 친해진다. 그러면 이제 필요해지는 게 모르는 단어가 나왔을 때를 대비한 사전이다. 아주 거대한 일본어루마니아어 사전이 한 권 존재하긴 한다. 그러나 2만 5000엔이나 해서 쉽게 엄두를 낼 수 없다. 나도 이 사전은 없다. 그렇다면 온라인 사전에 의지해야 하는데, dict.com

의 일본어-루마니아어 사전이나 DeepL 번역 등이 꽤 쓸 만하다. dict.com은 일본어로 검색하면 그에 맞는 루마니아어가 나오는 것이 끝이라 단순해서 좋다. 번역 정밀도도 나쁘지 않다. DeepL 번역은 일본어-영어 정밀도가 발군이라고 유명한데, 일본어-루마니아어도 제공해서 짧은 문장이라면 아주 좋은 번역문을 만들어준다. 마이너 언어끼리 번역에서 이런 정밀도가 나온다니 놀랍다.

잠깐, 여기서 고리타분한 소리를 하나만 하겠다. 루마니아어를 공부하면서 꼭 영어 공부를 병행하길 바란다.

마이너 언어의 괴로운 점은 일본어를 써서 얻을 수 있는 정보가 너무 적은 것인데, 루마니아어도 같은 상황이다. 한편 영어는 세계의 패권 언어이므로 각종 언어의 정보를 갖췄으니까, 최소한 나처럼 일본에 틀어박혀 루마니아어를 공부하고 싶다면 영어가 필수 불가결이다.

영어는 루마니아어를 공부할 때뿐만 아니라 루마니아 사람들과 대화할 때도 쓰기 좋은 언어인데, 앞에서 설명했듯이 루마니아 사람은 40대 이하라면 대부분 의사소통할 수 있는 영어 실력을 갖췄다. 루마니아어를 배우는 입장에서는 영어를 하느냐 못 하느냐로 루마니아어를 습득하기까지 걸리는 시간이 잔혹할 만큼 차이가 난다. 정말이다. 나도 가능하면 영어에 의지하기 싫은데 이것만은 어쩔 수 없다.

이런 말을 하는 이유는 너무도 유명한 영어 사전이 온라인에 있기 때문이다. Reverso Context다. 이 사전은 단어뿐아니라 용례사전이어서 좋다. 예를 들어 'You're a fucking idiot!'이라고 치면, 루마니아어로 어떻게 말하면 좋은지 나온다(Eşti al naibii de idiot!).

단어장으로도 좋고 문법이 바른 영어 문장이라면 간단한 번역문도 나오는데, 심지어 후보가 몇 개나 된다. 무엇을 쓸지 음미하며 문장을 사용하는 것은 중요하고 자극적이다. 나는 루마니아어로 소설을 쓸 때 30초에 한 번은 검색할 정도로 신세를 지고 있다.

루마니아 메타버스를 직접 만들다

루마니아어와 접촉하는 환경을 구축했으나, 작품이나 사전으로는 지금 루마니아 일상에서 쓰이는 말이나 표현을 배우기 어려웠다.

이럴 때 큰 도움이 된 것이 페이스북이다. 루마니아 사람들은 페이스북을 하는 비율이 높아서 이를 잘 활용하면 루마니아의 지금을 알 수 있다.

그러니 여러분도 먼저 루마니아인 3000명에게 친구 신청을 보내보자!

아니, 지레 겁먹을 필요 없다. 글로 보는 것처럼 어려운 일이 아니다. 단계를 밟아 차근차근하면 간단히 할 수 있다. 나는 대략 4000명에게 친구 신청을 보냈다. 그래서 어떻게 됐느냐? 루마니아어 소설가가 됐다. 이 과정이 아주 중요하다. 무슨 의미인지는 곧 알 수 있다.

나는 제일 먼저 루마니아용 계정을 만들었다. 물론 기존 계정을 써도 괜찮은데, 페이스북 한 계정당 5000명까지 등록할 수 있는 친구를 모두 루마니아인으로 채우려는 기개쯤은 있어야 일이 순조롭게 진행된다고 확신했다.

프로필에는 루마니아인을 대상으로 메시지를 썼다.

이를테면 Sunt japonez care iubește România. Vreau să fac un prieten român(나는 루마니아를 좋아하는 일본인입니다. 루마니아 친구를 사귀고 싶어요)라는 식으로. 문장이 틀려도 괜찮다. 불안하면 일본어나 영어도 같이 추가해도 된다.

그런 다음 친구 신청을 보냈는데, 그 전에 먼저 일본인-루마니아인 커뮤니티에 등록했다. 그곳에는 만화 『헬싱』부터 꽃꽂이, 야마하의 신시사이저에 세지마 가즈요의 건축까지, 일본 문화를 좋아하는 루마니아 사람들이 많이 모여 있었다. 거기에서 교류하며 차근차근 관계를 쌓아 친구 요청도 허락받았다.

참고로 히키코모리인 나에게 사진을 찍어줄 친구는 당연히 없고 셀카는 사양하고 싶으니까, 인터넷에서 찾은 눈에서 빔을 쏘는 인물이 찍힌 영화 포스터를 아이콘으로 삼았다. 사람들에게는 "응, 일본인은 모두 닌자의 피를 물려받아서 정체를 감추고 싶어 해"라고 대충 거짓말을 둘러대 이국적인 관심을 적당히 부추기기도 했다.

이걸 계속하면 '알 수도 있는 사람'으로 추천되는 유저가 루마니아 사람들로 채워진다. 그래서 여기 나온 사람 모두에게 닥치는 대로 친구 신청을 보냈다. 너무 지나치면 스팸으로 여겨져서 계정이 동결될 수 있으니 하루 20~30명 정도로 유지하되 노골적이면서 무차별하게 보냈다.

그런다고 친구로 받아주나 싶을 수 있는데, 생각보다 잘 받아준다. 일본이라면 모르는 사람에게서 "누구세요?"라는 메시지가 Messenger를 통해 올 테지만, 루마니아 사람들은 신기하게도 묵묵히 허락하거나 거절하고 그만이다. 천 단위로 친구 신청을 보냈는데 "누구?"라는 질문을 받은 건 열 번도 안 된다.

또 질문을 받고 "제가 루마니아를 좋아해서요…"라고 숨김 없이 말하면 이야기가 진전될 가능성도 있다.

내게는 '야미'라는 이름의 친구가 있다. 직접 만난 적은 없지만. 그녀는 루마니아의 수도 부쿠레슈티에 사는 엔지니어인데, 무차별적으로 친구 요청을 난사하는 나에게 "당신 누구?"라고 물어본 몇 안 되는 인물이다.

솔직하게 "루마니아 문화를 좋아해서 다양한 사람에게 친구 신청을 보내고 있습니다!"라고 대답하자, 그녀는 반대로 일본 문화를 좋아한다고 해서 즐거운 대화가 시작되었다. 만화와 애니메이션을 좋아해서 『주술 회전』 같은 인기 작품은 물론이고, 나는 전혀 모르는 작품, 이를테면 중국 게임이 원작인 〈러브 앤 프로듀서〉라는 애니메이션도 본 골수까지 오타쿠였다.

그래서 대화를 나누기 시작했는데, 어느새 매일 수다를 떠는 사이가 됐다. 사실 이 책을 쓰는 도중에도 야미와 대화를 나눴다. 부쿠레슈티 거리 풍경이나 지하철역 사진이나 루마니아의 이모저모를 보여주는 틱톡(TikTok)의 재미있는 영상을 보내준다. 루마니아의 미신인데, 부모들이 아이들을 돼지 등에 앉혀서 사진을 찍는다고 한다. 루마니아의 시치고산[2] 같은 거라나. 뭐지, 이게?

또 야미라는 이름은 일본어 '闇(やみ, 어둠)'에서 따 온 것으로, 그녀도 일본을 좋아해서 일본어를 공부하는 중이다. 그러니까 중2병 같은 단어를 이름으로 삼았다. 표시도 やみ라고 했는데, ヤミ라고 가타카나로 쓰면 이름만 보고 바로 외국인 취급을 하기 때문이라고 한다.[3]

이렇게 교우 관계를 구축하는 한편, 정기적으로 루마니아어로 글을 써서 이런 문화에 흥미가 있다고 자기표현을 해두면 친구 신청을 받아줄 가능성이 필연적으로 높아진다. 지금 생각하면, 무시해도 상관없다는 자세도 중요했던 것 같다. 만약 어떤 사람과 꼭 친구가 되고 싶다면 루마니아어로 메시지

---

2 어린이의 성장을 축하하려고 3세와 5세 남자아이, 3세와 7세 여자아이가 부모와 함께 신사를 참배하는 일본의 풍습. — 옮긴이

3 일본어는 히라가나와 가타카나 두 가지 문자와 한자를 혼용하는데, 가타카나는 주로 외래어를 표기할 때 쓴다. — 옮긴이

를 보내면 된다. 그러면 얼마나 진심인지 상대에게 어느 정도
는 전해질 것이다.

이걸 몇 개월쯤 지속하면 친구는 틀림없이 늘어난다. '○명
공통의 친구가 있습니다'라는 표시가 뜨기 시작하면 신청을
받아줄 가능성이 지수함수처럼 높아진다.

이쯤 되면 타임라인에 뜨는 글은 전부 루마니아어여서 지
금 어떤 루마니아어가 실제로 쓰이는지 알 수 있다. 모르는
단어나 표현이 나오면 메모해서 조사한다. "이건 무슨 의미
입니까?"라고 글을 올리면 영어로 의미를 설명하는 사람이
나타나기도 한다.

또 평범한 글에도 그들이 답글을 보낼 때도 있다. 그에 대
한 답은 영어도 괜찮지만, 어설퍼도 루마니아어로 답변해서
내 성의를 보여준다. 착실하게 관계를 맺었다면 메신저로 개
인적인 이야기를 나누며 더욱 깊은 관계를 맺는다. 이런 이상
적인 관계성까지 구축하는 경우는 그렇게 많지 않지만, 그래
도 야미처럼 소중한 친구가 몇 명이나 생겼다.

이렇게 루마니아어를 강제로 말해야 하는 상황을 스스로
만들면서 루마니아어를 배웠다. 루마니아에 직접 가지 않아
도 이런 환경을 만들 수 있다. 여긴 말하자면 나의 루마니아

메타버스다.

게다가 이 무차별 친구 신청이 나를 루마니아어 소설가로 데뷔하게 하는 아주아주 중요한 역할을 담당하기까지 했다!

슬랭과 VICE 루마니아

내가 루마니아어를 공부하면서 이용한 사이트가 또 하나 있는데 〈VICE România〉였다. 세계적인 악덕 매거진 VICE 의 지부가 루마니아에도 있어서 루마니아어로 기사를 읽을 수 있다.

독자적인 기사도 재미있고 이런 쪽이 루마니아의 현재를 알기에 좋아서 많이 읽는다. 그래도 공부할 때 좋았던 것은 〈VICE US〉나 〈VICE UK〉의 번역 기사였다. 영어 원문 기사 와 루마니아어 번역 기사를 종이에 인쇄해서 읽고 비교하고 메모를 잔뜩 하면서 문법과 어휘를 배웠다. 내 방 책상에는 아직 그 종이가 있는데, 루마니아어를 열심히 품사 분해한 흔적이 남아 있다.

그러나 한 가지 주의해야 하는 점이 있는데, 번역 기사 대부분이 음담패설 같은 기사였다. 파트너와 섹스할 때 신음을 어떻게 내면 좋은가, 어른용 장난감의 사용감 상세 리뷰 같은 야한 기사만 번역되었는데, 뭐, 이건 VICE의 진가를 드러냈다고 할 수 있다. 그러니 이걸 보면서 방송금지 수준인 슬랭을 아주 많이 배웠다. 술자리의 야한 농담으로 쓸 만한 것들 말이다.

루마니아어 슬랭을 배우면서 예상치 못한 효용도 있었다.

〈VICE Românïa〉로 배운 단어 중에 pizdă가 있다. 이건 영어의 c-word[4], 일본어로 치면 '마(ま)'로 시작하는 방송금지 용어인데, 즉 여성의 성기를 아주아주 나쁘게 칭하는 말이다.[5]

또 캣콜링이라고 일본의 헌팅이 더욱 악질적으로 변한 행위가 있는데, 여성을 성적으로 무시할 때 루마니아인 남성이 마구 쓰는 단어이기도 하다. 이건 슬라브어권에서 유입된 외설스러운 말인데, 미묘하게 의미를 다르게 쓰긴 해도 대체로 위험한 느낌으로 쓰인다. 그러니 미리 충고해두는데, 루마니아인 앞에서는 어지간한 상황이 아닌 이상은 절대 쓰면 안

---

4   c로 시작하는 금지어. cunt, cancer 같은 단어다. — 옮긴이
5   일본어로 여성의 성기를 만코(まんこ)라고 한다. — 옮긴이

된다.

어느 날, 나는 페이스북에 "루마니아 사람만 아는 재미있는 루마니아어 단어를 알고 싶어요!"라고 글을 썼다. 그러자 사람들이 기묘한 단어를 알려주었다. 예를 들면 이런 것인데, 참고로 발음도 적었다.

Ciuciubat(추추바트: 추하다)

pântecăraie(판테카라이에: 설사)

brambureală(브람브레알라: 무질서 상태)

gânguri(강구리: 아기가 단어 비슷한 것을 발음하는 모습)

ştromeleag(슈토로멜레아그: 부푼 음경)

나는 이런 슬랭을 좋아하니까 열심히 메모해서 외웠다. 몇 개는 평소 써 보기도 했는데, 특히 pântecăraie는 병 때문에 설사가 잦으니까 자주 썼다. 이 단어를 알려준 사람들에게 정말 감사한다.

그러다가 이런 답글을 단 사람이 있었다.

"당신 pizdă라는 단어를 알아? 이건 '어이, 형씨!'라는 의미니까 사용해봐!"

하지만 나는 이 녀석이 뻥을 치는 걸 바로 알았다. 〈VICE Romania〉에서 배운 단어니까! 그래서 이런 답변을 보냈다.

"어이, 너! 내가 일본인이니까 모른다고 생각하고 무시하냐? 너 같은 존재를 pizdă라고 하는 거 아니야?"

그리고 친구 관계를 끊었다. 무차별 친구 신청에는 이런 결점도 있다. 다시 한번 말하는데 이런 어지간한 상황 아닌 이상은 절대로 pizdă는 쓰지 않기로 이 사이토 뎃초와 약속하자.

이 이야기에는 후일담이 있다. 루마니아어 소설가로 활동하기 시작하고 얼마쯤 지났을 때, 에세이를 써보지 않겠냐고 다름 아닌 〈VICE Romania〉에서 의뢰가 왔다. 기뻤다. 〈VICE Romania〉는 '이게 없었다면 지금 나는 없다'라는 말을 바치고 싶은 대상 중 하나였으니까.

그래서 두말할 것 없이 허락했고 이후 내 에세이가 실렸는데, 편집자가 단 타이틀은 이것이었다.

Sunt japonez și am învățat să înjur în limba română după ce am citit articole din VICE Romania.

나는 일본인입니다. VICE Romania 기사를 읽고 루마니아어로 어떻게 욕하면 되는지 배웠습니다.

루마니아 사람이 찾아왔다!

루마니아어로 처음 나눈 대화는 동경하던 감독과

새로운 언어를 배우는 건 매우 어려운 작업이다. 나는 루마니아 영화에 대한 편애가 극에 달해서 지금 루마니아어를 독학하는데, 이게 정말 어렵다. 루마니아어뿐 아니라 유럽 언어를 배워본 적 있는 사람이라면 이해할 텐데, 먼저 명사가 남성·여성·중성으로 나뉘고 그에 따라 복수형이나 써야 하는 (부)정관사의 형태가 달라져서 좌절한다. 다음으로 동사 어미가 주어에 따라 전혀 달라지니까 좌절하고, 나아가 대격·여격 운운이 나오면 세상에 이렇게 복잡할 수가 없다.

그래도 어려운 건 어려운데, 공부하면서 내 세계가 조금씩 넓어지는 감각도 있다. 루마니아어로 "만나 뵙게 되어 영광입니다"라는 의미인 "Îmi pare bine să vă cunosc"를 중얼거리면, 내 머릿속에 루마니아 영화감독과 처음으로 만날 미래의 어느 순간이 떠오른다.

이건 어학에 관한 영화의 리뷰에 쓴 글이다. 루마니아어를 배우기 시작하고 아직 1년 정도 되었을 때였나. 대학을 졸업하고 1년이 지난 2016년 8월에 쓴 글로, 지금 다시 읽으면 파릇파릇해서 조금 부끄러운데 그래도 어떤 추억이 새록새록 되살아나 왠지 기뻐진다.

이 글을 쓰고 몇 달 후의 일이다.

일본의 가장 큰 영화제인 도쿄국제영화제가 롯폰기에서 열렸다. 경쟁 부문에 루마니아와 프랑스 공동 제작 영화가 진출되어서 그 정보를 알았다. 아드리안 시타루 감독의 〈더 픽서 The Fixer〉라는 작품이었다.

지금 약진하는 루마니아 영화를 통틀어 Noul val românesc라 부른다고 언급했는데, '루마니아의 새로운 파도'라는 뜻이다. 즉, 누벨바그의 루마니아판이다. 내가 루마니아어를 공부한 것도 따지고 보면, 장뤼크 고다르나 프랑소와 트뤼포 같은 누벨바그 영화감독을 동경해서 프랑스어를 배우기 시작하는 것과 비슷하지 않을까.

아드리안 시타루 감독도 루마니아의 새로운 파도에 속하는 사람인데, 누벨바그로 비유한다면 서스펜스 영화를 통해 인간의 윤리관을 꾸준히 조명하는 의미에서 클로드 샤브롤일까. 아, 연출 방식은 전혀 다르니 내 말을 진지하게 받아들이지 말기를.

내 시점에서는 그런 대단한 인물이 최신작을 들고 일본에 오는 것이다. 게다가 당시 루마니아 영화는 인터넷에서도 보기 어려웠으니까 그의 작품을 실제로 본 적은 없고 평판만 들었다. 그런 상황에서 그의 최신작을 영화관에서 볼 수 있다고 하니까 내가 얼마나 흥분했겠는가.

그래도 나에게는 밖으로 나가는 것이 쉽지 않은 난관이었다. 특히 나를 즐겁게 하는 외출은 더 그렇다.

아르바이트라면 히키코모리 생활의 탈출로 이어지는 행위라 생각했고, 나를 다스려 사회로 돌려보내는 훈련의 일종이니까 밖으로 나가는 것에 상응하는 각오를 했다. 그러나 영화를 보러 가는 일 같은 순수한 오락은, 히키코모리인 주제에 그런 짓을 해도 될까, 하고 스스로 벌주려는 사고가 작용한다. 부모님이나 동네 사람이나 주변의 시선이 유난히 신경 쓰인다. 방에 있거나 도서관에 있을 때와는 다른 죄책감이 몰려오는데, 이게 훨씬 더 괴롭다. 히키코모리는 이런 일에도 갈등의 연속이고 결단이 강요된다.

그러나 이때는 루마니아 영화를 보고 싶다, 시타루 감독을 만나고 싶다는 마음이 이겼다. 인터넷으로 끝없이 영화 감상을 써대기만 하지 말고 나도 인생을 즐길 수 있다면 즐기고 싶으니까. 이렇게 거의 자포자기하는 마음으로 뛰어나갔다.

이벤트 회장은 롯폰기였다. 나와는 전혀 인연 없는 고급스러운 동네다.

그러니 다른 데는 거들떠보지 않고 TOHO 시네마즈 롯폰기 힐스로 갔다. 롯폰기 힐스의 기슭으로 가려고 계단을 올라가고 엘리베이터를 타고, 이것만 했는데 에베레스트를 등반한 기분이었다.

사실 이때부터 〈더 픽서〉를 다 볼 때까지는 기억이 거의 안 난다. 영화 자체는 내 블로그에 비평을 썼으니까 어느 정도 기억하는데, 영화를 보면 자연스럽게 뇌가 비평 모드에 들어가니까 다른 것을 차단하기 쉽다. 어쩌면 이다음에 일어난

일을 도무지 잊을 수 없어서 다른 기억을 잡아먹었을 수도 있다.

그래도 영화관에서 처음으로 본 루마니아 영화는 역시 감동적이었다. 함부로 말을 얹고 싶지 않을 정도로.

나는 〈더 픽서〉를 보고 감동에 젖어서 출입구로 돌아왔다.

도쿄국제영화제에서는 상영을 마치면 영화제에 참여하기 위해 일본에 온 감독이나 배우와 교류하는 시간이 있는데, 그런 이벤트 회장은 보통 출입구 앞에 위치하는 모양이다. 뻥 뚫린 공간이 있었는데, 관객들이 거기에 줄을 서서 시타루 감독과 주연 배우 튜도르 이스토도르에게 사인을 받으려고 했다. 나도 얼른 그 줄에 섰다.

줄을 서서 루마니아어로 무슨 말을 할지 계속 생각했다. 미리 생각해뒀으면 좋았겠지만 나는 그때그때 닥치는 대로 할 뿐인 인간이다. "만나 뵙게 되어 영광입니다"일까? 아니면 "〈더 픽서〉, 진짜 재미있었어요"일까? 전부 급조한 말이어서 느낌이 딱 안 왔는데, 생각이 도무지 정리되지 않은 채로 줄이 점점 줄어들었다. 선두에 가까워질수록 긴장이 고조되어서 심장이 폭발할 것 같은 예감이 들었다.

그리고 오싹할 정도로 금방 그때가 왔다. 나는 시타루 감독과 대면했다. 시타루 감독님, 만드는 영화는 아주 맵고 때때로 역겹기까지 한 데 반해 사람 자체는 덥수룩하게 수염을 기른 모습이 차밍했다. 북슬북슬한 수염 너머로 보살 같은 부드러운 미소를 짓고 있었다.

이때 내가 처음에 무슨 말을 했는지 솔직히 정확하지 않다. 아마 "Bună ziua(안녕하세요)"나 "Mă numesc Tettyo Saito. Îmi pare bine de cunoștință(제 이름은 사이토 뎃초입니다. 이렇게 만날 수 있어서 기쁩니다)"였을 것이다.

그래도 다음에 하려고 한 말은 기억한다. "Este extraordinar că am văzut lmul dimneavoastră(당신의 영화를 본 것은 대단한 경험이었습니다)"였다.

"에스테 엑스트로디나 카 암…"

그런데 여기서 멈추고 말았다.

조금 어려운 설명을 하겠다. 루마니아어로 '보다'는 a vedea인데, 이 단어는 불규칙 변화 동사라는 보통내기가 아닌 놈이어서, 이럴 때는 과거분사계 văzut를 써야 하는데, 보면 알겠지만 형태가 전혀 다르다.

그래서 생각이 잘 나지 않았다.

나는 완전히 당황해서 어디 구멍이 있으면 들어가고 싶을 만큼 쪽팔렸다. 일을 저지르고 말았다.

"…văzut?"

그래도 이렇게 말해준 사람이 시타루 감독이었다. 이때 느
낀 감동을 어떻게 표현하면 좋을지 나는 모른다. 그저, 그저
기뻤다. 그 목소리와 말의 기억이 언제까지나 내 머릿속에 울
린다.

그런 다음에 그가 "루마니아를 좋아합니까?" "루마니아어
를 어떻게 공부했죠?"라고 물어서, 나는 가지고 온 『뉴익스
프레스 플러스 루마니아어』를 보여주었다. 그걸 보고 시타루
감독은 마치 자기 자식을 보는 것처럼 웃었다. 평생 그 웃는
얼굴을 잊지 못할 것이다.

돌아오는 길, 롯폰기역 승강장에서 나는 흥분에 휩싸인 채
로 트위터로 이런 말을 했다.

〈더 픽서〉의 아드리안 시타루 감독과 루마니아어로 대화하고
같이 사진도 찍었다…. 내가 처음으로 루마니아어로 대화한 첫
루마니아인이 아드리안 시타루 감독이었다…. 대감동.

그랬다니까. 나는 루마니아어 영화에 대한 사랑이 차올라

루마니아어를 공부하기에 이르렀으나 계속 인터넷 세상에
틀어박혀 루마니아어를 키보드로 치거나 태블릿으로 입력하
기만 했다. 즉, 루마니아어를 쓰기만 하고 입으로 실제로 말
한 적은 없었다.

그러니까 이건 실로 첫 체험이었다. 게다가 처음으로 말한
루마니아인이 시타루 감독이었다. 어학 학습자로서도, 일개
영화 팬으로서도 정말 대단한 경험이 아닌가.

또 잘 생각해보니 나는 영어 회화 수업 이외에 원어민과 영
어로 말해본 적도 없었다. 그러니 루마니아어로 루마니아인
과 말한 것이 처음으로 제대로 된 외국어 회화인, 몹시도 신
비한 일이 벌어졌다. 나의 은둔형 외톨이 성향만 봐도 짐작이
갈 거다.

집에 돌아와 페이스북을 검색했는데, 시타루 감독의 계정
이 있었다. 용기를 내서, 그때 할 줄 아는 루마니아어로 전력
을 다해(말이 통할지 불안해서 영어로도 썼지만) 그에게 메시지
를 보냈다.

Hi

Eu sunt cel care a vorbit cu dumneavoastră dupa "Fixeur"

a fost ecranat în Festivalul International de Film Tokyo astazi(10/31). V-ați amintit de mine, mă îmbrăcam de pălărie dama.

Din nou, Îmi pare bine foarte mult că v-am întâlnit și am **văzut** filmul dumneavoastră, care a întrebarea ascuțița pentru moralitatea și m-a impresionat adânc.

Până când dumneavoastă vă veți întoarce la Tokyo cu nou filmul iarăşi, eu voi studia limba română mai şi sper că vorbesc cu dumneavoastră!

안녕하세요.

저는 오늘(10월 31일) 도쿄국제영화제에서 〈더 픽서〉 상영 이후, 당신과 대화한 사람입니다. 니트 모자를 썼는데 기억하시나요?

다시 한번 말씀드리는데, 당신과 만나고 당신의 영화를 '볼' 수 있어서 정말 기뻤습니다. 윤리에 날카로운 질문을 제시하는 작품에 깊은 감명을 받았습니다.

새로운 영화와 함께 당신이 도쿄에 돌아올 때까지 루마니아어를 더 공부해서, 당신과 루마니아어로 대화할 수 있으면 좋겠습니다!

지금 다시 읽으면 너무도 서툰 메시지이지만, 이걸 보내자 시타루 감독이 곧바로 정중한 답변을 보내고 내 친구 신청도 받아주었다. 시타루 감독님, 그때 정말 고마웠습니다. 신작을 기다리고 있답니다.

루마니아의 '사소설' 작가

2018년 10월. 이달, 나의 '루마니악한' 운명을 움직인 사람과의 만남이 있었다. 〈Scena9〉라는 컬처 사이트가 있다. 세계 정세부터 문학이나 영화 같은 루마니아 문화까지 다양한 분야의 최신 정보가 집약되는 곳으로, 루마니아어를 공부하기에도 유용하고, 재미로 읽기에도 좋은 이상적인 사이트다.

어느 날, 이곳에서 최신 루마니아 문학의 서평을 찾았다. 제일 먼저 서평의 저자인 미하이 요바넬이라는 이름이 눈에 띄었다. 그는 루마니아에서 상당히 유명한 문학평론가다. 명석하면서 시니컬한 필치로 신작 소설을 가차 없이 재단할 때도 있고, 지성이 뒷받침된 찬사를 보낼 때도 있다. 그가 평가한 작품은 루마니아 문단에서 큰 화제가 된다. 그만큼 존재감

있는 인물이다.

그런데 지금 주인공은 요바넬이 아니다. 다음에 중요 인물로 재등장할 거지만. 이때 나는 요바넬이 소개한 소설의 작가에게 관심이 갔다. 그가 현대문학의 서평을 정기적으로 올리는 곳이 바로 〈Scena9〉여서 나도 종종 읽는데, 이때 다룬 책 『Un cal într-o mare de lebede』(번역하면 '백조의 바다에 있는 말 한 마리')의 줄거리를 읽고 나는 깜짝 놀랐다.

주인공은 스물네 살의 로절린이라는 영국 여성이다. 그녀는 자기 병과 기능부전인 가족 때문에 괴로워하다가 벗어나고 싶은 마음에 유학을 결심한다. 목적지로 고른 곳은 바로 도쿄였다.

오오, 나 그 근처에 살아요! 게다가 이번 작품의 착상을 일본의 '사소설'에서 얻었다고 해서 또 놀랐다. 이 글을 쓴 사람이 일본 문학에 정통한 인물이라고 짐작할 수 있었다.

그래서 작가를 조사했다. 랄루카 나지는 인류학자이면서 소설가인 이색적인 경력을 지닌 인물로, 이번이 첫 작품이자 첫 장편이라고 한다. 또 몇 년 전에 와세다대학에 유학해서 한동안 일본에 살았다고 한다. 아마도 그런 경험을 투영한 '사소설'이 이 장편소설일 것이다.

나는 직감적으로 이건 루마니아 사람이 쓴 일본 문학이라고 생각했다. 이런 작품이라면 당연히 읽고 싶지!

다만 읽으려면 몇 가지 장벽이 있었다.

우선 물리적인 장벽이다. 사실 루마니아에는 그 유명한 쇼핑몰 아마존이 없다. 그러니까 책을 어떻게 주문해야 루마니아에서 일본으로 가지고 올 수 있는지 전혀 몰랐다.

이때 도움이 된 것이 페이스북이었다. 루마니아 사람에게 "루마니아에서 책을 사고 싶은데 어떻게 하면 될까?" 하고 도움을 청했더니, 어떤 사람이 외국에서도 신용카드를 등록할 수 있는 구매 대행 사이트를 알려주었다. 최고다.

덕분에 물리적 장벽은 넘었는데, 정신적 장벽이 하나 더 있었다.

'아이고, 문학을 읽을 정도로 루마니아어를 할 수 있으면 얼마나 좋아…' 하고 약한 마음이 들었다. 지금 막 루마니아 사람에게 질문할 때도 사전을 쓴 나인데 루마니아어로 쓴 이야기를 어떻게 읽겠는가.

그래서 주문을 망설이던 때, 나는 아무 생각 없이 Raluca Nagy라는 이름을 페이스북에서 검색했다. 그랬더니 그녀의 계정이 있었다. '공통의 친구가 ○명 있습니다'라는 표시와 함께. 내 루마니아 메타버스가 모르는 사이에 넓어졌다는 사실을 선명한 놀라움, 그리고 기쁨과 함께 맛본 순간이다.

자, 루마니아어를 공부하고 루마니아 사람과 교류를 주고받으면서 내가 배운 것을 말하겠다. 바로 '기세로 밀고 나가기!'다.

물론 '내일 루마니아에 갈게!' 같은 건 불가능하다. 그래도 랄루카 나지 씨에게 메시지를 보내는 건 마음만 먹으면 지금 당장 할 수 있는 일이었다. 이걸 나중으로 미루면 쌓이고 쌓이다가 평생 안 하게 된다. 안 하고 후회하느니 하고 후회하는 게 낫다.

이때 나는 벌써 메시지를 쓰기 시작했다. 정신을 차렸을 때는 이미 메시지를 다 썼고, 그걸 랄루카에게 보내고 있었다.

아주 긴 장문의 메시지였기에 전부는 인용할 수 없다. 그래도 다시 보지 않아도 생각나는 문장이 있다.

"Un cal într-o mare de lebede" ar fi prima literatură română pe care o voi citi in limba română.

『Un cal într-o mare de lebede』는 내가 루마니아어로 읽는 최초의 루마니아 문학이 될 겁니다.

몇 시간도 지나지 않아 속공으로 답변이 도착했다. 인터넷 시대는 정말 속도감이 대단하다.

메시지에는 이런 글이 적혀 있었다. '당신의 메시지를 읽고 크게 감동했어요. 연말연시, 도쿄에 가는데 거기에서 만나지 않겠어요?'

랄루카 씨가 왔다!

해가 바뀌어 2019년 2월, 나는 랄루카 씨와 롯폰기에서 같이 메밀국수를 먹었다. 제법 정취 있는 메밀국수 가게인데, 랄루카 씨가 가고 싶다고 한 곳이다. 이렇게 나뭇결 냄새가 나는 유서 깊은 가게, 나는 어떤 장르든 경험치 제로이니 그런 의미에서도 긴장했다. 엄청 빠른 속도로 눈을 깜박였다. 게다가 눈앞에 그 랄루카 씨가 있으니까 또 긴장했다. 너무 깜박여서 눈알이 폭발할 것 같았다. 그녀는 어떤가 하면, 연륜 덕분일까 느긋하게 메밀국수를 즐기는 것처럼 보였다. 랄루카 씨는 참 분위기가 온화했다. 학자라는 견실한 직업이면서 날이 선 엄격한 면은 없는데, 그렇다고 자유인에게 따라오게 마련인 헐렁한 면도 없었다. 그녀의 분위기에서 지식을 대범하게 받아들이는 대단한 역량을 느낄 수 있었다. 지성 그 자체라는 느낌이다.

처음 만났을 때, 구매 대행 사이트를 거쳐 루마니아에서 도착한 『Un cal într-o mare de lebede』를 보여주자, 그녀는 크게 감동한 듯했다. 그래서 사실은 전혀 읽지 못했다고 고백하지 못했다. 뭐, 걱정했던 대로 그때 내 어학력으로는 벅찬 작품이었다.

먼저 루마니아 영화 이야기를 했던 걸 기억한다. 그녀는 영화를 포함해 다양한 문화에 조예가 깊어서 이름을 대면 바로 반응이 돌아오는 척척 호흡으로 리듬감 좋게 대화가 진행되었다. 나를 루마니아어의 세계로 끌어들인 코르넬리우 포룸보이우의 〈경찰, 형용사〉에 내가 제일 존경하는 루마니아 영화계의 거장 루시앙 핀틸리에. 인터넷 세상이 아니라 현실에서 루마니아 영화 이야기를 하는 건 처음이라 뇌에서 평소 쓰지 않던 부분이 활발해져서 입도 혀도 목도 아주 원활하게 움직였다.

다음으로 메밀국수 가게 근처, 대여점과 서점이 함께 갖춰진 쓰타야(TSUTAYA)에 갔다. 영화도 책도 모여 있고 인테리어도 멋지다. 내 세계와는 하늘과 땅처럼 달랐다. 여기에서도 영화 이야기를 나눴다. 일본에서도 개봉한 〈휘파람을 불고 싶다^{Eu Cand Vreau Sa Fluier}〉라는 루마니아 영화 패키지를 가리 키며, 일본인은 루마니아어 읽는 법을 모르니까 플로린 세르 반이라는 감독 이름이 '플로린 서반'이라고 적혀 있다고 말하 며 같이 웃었다.

다음으로 서점 쪽으로 가서 최신 일본 문학에 관해서도 대 화했다. 마치야 료헤이라는 아쿠타가와상 수상 작가가 얼마 나 대단한지에 대해, 그렇지만 일본의 문자인 히라가나를 첨 예한 형태로 다용하는 그의 문체를 번역하기는 상당히 어려 울 것이라는 이야기. 또 고다마의 『남편의 그것이 들어가지 않아』라는 책은 놀랍도록 성적으로 노골적인 제목이지만 실 제로는 여성의 신체를 둘러싼 절실한 이야기여서 재미있다 는 것 등등….

랄루카 씨와 이런 이야기를 나눴다. 그녀는 책을 보다가 이마무라 나쓰코의 『오리^{あひる}』가 마음에 들었는지 구매했 다. 언젠가 그녀가 이 책을 루마니아어로 번역할지도 모를 일 이다.

솔직히 말하는데, 나는 랄루카 씨와 루마니아어가 아니라

96

주로 영어를 써서 대화했다. 틀어박혀서 어학 공부를 하는 단점 중 하나가 외국어를 손으로 쓸 기회는 제법 많은데 외국어를 입으로 말할 기회는 거의 없는 것이다.

이미 언급했듯이 루마니아에 한 번도 가본 적 없으니까 이 시점에서 실제로 만난 루마니아 사람은 랄루카 씨까지 네 명이었다. 게다가 이로부터 1년 뒤에 코로나가 유행했으므로 지금도 실제로 만난 루마니아 사람은 네 명뿐이다. 그러니 루마니아 회화는 여전히 전혀 못 한다!

우리의 대화 주제는 내 루마니아어 공부법으로 이어졌다. 앞장에서 설명한 것처럼 페이스북으로 루마니아 사람과 수다를 떨고 〈VICE România〉로 이상한 단어를 배우는 것이 내 공부법인데, 이 시기에 나는 랄루카 씨를 만나기 몇 달 전부터 새로운 것도 시작했다. 내가 쓴 문장을 루마니아어로 번역하는 시도다. 일기, 영화 비평, 그리고 소설을.

나는 매일같이 영화 비평을 마구 써대며 살았는데, 정말 하고 싶었던 것은 소설 집필이었다. 고백하자면 고등학생 시절부터의 꿈이었다. 다만 그런 꿈을 품기까지 과정이 잘 생각나지 않는다. 자연스레 '소설가가 되고 싶어'라는 꿈을 가진 상태였다. 예술에 대한 충동은 대부분 이런 식인 듯한데, 다들

어떻게 보시는지?

여하튼 교실이나 도서관에서 다양한 책을 읽었고, 인상 깊었던 세 작품이 나리타 료우고의 라이트노벨 『바카노!』 시리즈, 우타노 쇼고의 『벚꽃 지는 계절에 그대를 그리워하네』, 그리고 다니자키 준이치로의 『여뀌 먹는 벌레』다. 통일성이 없어도 너무 없으니까 그때 내 심경이 어땠는지 잘 모르겠다. 그래도 그때부터 나는 라이트노벨이나 미스터리가 아니라 순문학을 꿈꿨는데, 그 이유는 '주변 사람이 별로 읽지 않는 순문학을 쓰는 나, 대박 멋지겠지…'였던 게 틀림없다.

그래서 대학에서도 일본 문학을 전공했다. 다만 이미 말했듯이 노이로제였으니까 강의에 재미를 느끼지 못했고 일본 문학 자체에 혐오감까지 품었다. 마지막에는 강의 이외에는 일본 문학을 건드리기도 싫어서 도서관에 틀어박혀 외국 문학만 읽었다. 이러고서 소설을 쓰려고 했으니 제대로 된 작품은 하나도 완성한 적이 없다.

이 시절에 쓴 작품을 생각하면 '으… 머리가…' 하고 중2병의 오랜 상처가 벌어지는 통증이 덮쳐오는데, 기억하기로 아무 맥락 없이 인간이 녹아버리는 게 일상인 세계가 무대인 장편을 썼다. 주인공은 녹은 잔해를 치우는 청소 회사에서 아르바이트를 하는 대학생이었다. 플롯도 구성하지 않고 되는 대로 썼으니까 점점 지리멸렬해져서 마지막에는 공중 분해했다. 이 작품에 그치지 않고 이런저런 소설을 쓰고 크게 실패하기를 반복했다. 거기에 히키코모리 생활을 시작했으니까 울적함에서 시선을 피하려고 독서를 그만두고 영화에 몰두했다. 그러다가 나만의 방식으로 영화 비평을 쓰기 시작했는데, 결과적으로 이게 좋은 영향을 미쳤다.

나는 비평을 쓰기 위해 이야기의 구조와 구성, 연출이 어떻게 작용하는지, 이야기와 연출의 교합이 어떤지를 끝없이, **영원히** 분석했다. 그렇게 약 600편이나 되는 글을 썼다.

이렇게 무사 수행을 하다 보면, 이야기를 어떻게 쓰면 좋은지 자연스럽게 알게 된다. 어느 시기부터 나는 아무에게도 밝히지 않고 소설을 쓰기 시작했다. 처음에는 외국 문학처럼 외국을 무대로 일본과 전혀 관련 없는 작품을 썼다. 영국, 아르헨티나, 슬로바키아⋯. 문학상에 응모하기에는 너무 짧은 외국'풍' 문학이었는데, 나도 소설을 완성할 수 있다, 그러니까 소설을 쓸 수 있다는 성공 체험을 선물해주었다. 이렇게 문학적 자존감을 키운 나는 필연적으로 일본 문학에 회귀했다. 대학 강의에서 그렇게 노이로제가 걸렸는데도 마침내 내 언어로 일본에 관해 쓰고 싶다는 마음을 품게 되었다.

나는 노이로제와 은둔을 거치며 나를 둘러싼 일본이라는 사회에 깊은 절망과 허무함을 느꼈다. 그러니 쓰고 싶은 주제도 바로 거기에서부터 농밀하게 피어났다. 이 세상에는 빌어먹을 상황이 만연하다. 인터넷이나 텔레비전에서 나오는 여성 차별이나 외국인 차별, 일상에서 마주치는 놀라운 악의. 그런 것에 대한 분노가 내게 언어를 내뱉게 했다.

처음에는 아주 짧은 엽편을 몇 편인가 썼다. 도쿄에 방사능이 덮친다는 소문에 휘둘리는 동성 커플, 만원 전철에서 어느 회사원이 주변 승객에게 짓눌려 소멸하는 환상 소설, 남편으로서 아버지로서 이상적인 남자가 인종차별적 가치관을 갑자기 드러내는 '평범한 일본인' 이야기. 전부 원고지 20매에 못 미치는 작품이었다. 한동안은 끝까지 쓴 것 자체에 성취감을 느꼈는데, 나는 그쯤에서 만족할 인간이 아니었다.

이때 이런 생각이 떠올랐다. 이걸 루마니아어로 번역해보자고. 나는 이런 이야기를 랄루카 씨에게 하다가 조금 대담해져서 이렇게 말했다.

"혹시 괜찮다면 제가 번역한 작품을 읽어보실래요?"

그녀는 흔쾌히 허락했고, 나는 눈앞의 중후한 문이 조금씩 열리는 듯한 멋진 기분을 느꼈다. 삐걱삐걱 소리가 정말 들렸다.

역에서 기념 촬영을 하고 그녀와 헤어져 돌아오는 길, 나는 전철에서 다시 『Un cal într-o mare de lebede』를 바라보았다. 빨간색과 노란색을 쓴 표지, 평범한 종이와 다르게 두툼하고 조금 부푼 감촉이다. 책을 펼치자, 라루카 씨가 루마니아어로 적은 메시지가 있었다.

Lui T

Mă bucur că ne-am întâlnit la Tokyo şi succes! Cu drag, Raluca.

T에게

도쿄에서 만나서 기뻤어요. 성공을 빌어요! 랄루카.

그로부터 며칠 뒤, 랄루카 씨가 다시 메시지를 보냈다. 내 단편을 루마니아의 문예지 〈Iocan〉에 보냈다고 적혀 있었다. 아니, 저기요…?

루마니아 문단에 뛰어들다

방랑 무사 미하이

"야, 너 이 자식! 히키코모리라고 주장하면서 외출해서 사람과 만나며 잘살고 있잖아!"

여기까지 글을 쓰면서 나 스스로에게 '뭐냐 이 어중간한 히키코모리는!' 하고 딴지를 걸고 싶었던 적이 한두 번이 아니다.

그래도 이번 장부터는 루마니아에 관한 거의 모든 사건이 태블릿이나 컴퓨터 액정 앞에서 벌어진 일이다. 적어도 등장인물은 부모님 이외 전원 인터넷으로만 교류한 사람들이다.

일본인도 포함해서.

하지만 바로 그랬기에 경험할 수 있었던 공전의 루마니아'어' 여행기가 펼쳐진다고 보증하겠다.

이 여행의 중요한 발걸음 중 하나였던 루마니아어가 이것이다.

Eu, japonez, scriu o povestire despre partea întunecată a Japoniei în limba română, ești interesat?

랄루카 씨가 문예지에 작품을 보냈다고 말한 뒤, 나는 페이스북에 이런 글을 올렸다. 의미는 이렇다. '나는 일본인이지만 일본의 어두운 부분을 다룬 단편을 루마니아어로 쓰고 있어요. 흥미 있습니까?'

뭐, 이것도 기세로 밀어붙인 것이다. 랄루카 씨가 작품을 인정해줘서 하늘을 날 듯한 기분이었던 나는 그녀에게 보낸 작품 이외에 두 편을 루마니아 사람에게 읽히고 싶었다. 그래서 페이스북으로 연결된 사람들에게 작품을 읽어보지 않겠느냐고 물었다.

사실 여기에는 상당한 반향이 있었다. 일본인이 루마니아어로 소설을 집필하는 것은 아주 드문 일이므로 호기심을 품고 "읽고 싶어!"라고 메시지를 보내는 사람들이 제법 많았다.

그들에게 부지런히 작품을 보냈는데, 한 인물에게서 메시지가 왔다. 그의 이름은 미하일 빅투스, 내 인생을 완전히 바꿔준 존재다. 잠깐 언급한 문학평론가 미하이 요바넬과는 다른 인물이다.

이 미하이(나는 늘 이렇게 부른다)는 인테리어 디자이너이면서 떠오르는 신진 작가로서 큰 기대를 받았다.

내가 생각하기에 미하이가 쓰는 작품의 특징은 사람과 사람이 함께 살기 위해 필요한 윤리관과 그 부패. 예를 들어 그의 두 번째 장편인 『Toate păcatele noastre(우리가 짊어진 모든 죄)』는 주인공 여성과 남동생의 관계성을 그린 심리 스릴러인데, 누나의 독백으로 구성된 문장이 매우 날카로운 한편 전개는 극적이라기보다 그들의 일상을 자세하게 묘사하는 쪽이다. 이 두 가지가 합쳐져서 나타난 것이 그들의 관계성에 생긴 균열이고, 미하이는 이런 불온함을 윤리라는 측면에서 찾아냈다. 윤리에 관한 질문을 날카롭게 던지면서 소설을 이끌어가기에 미하이는 신예로서 높은 명성을 얻었다. 그런 그에게는 또 하나의 얼굴이 있다. 인터넷 문예지 〈LiterNautica〉의 설립자이다. 기존의 문단에 불만이 있었던 그는 친구들과 함께 문예지를 만들어 젊은 재능이 만든 작품을 적극적으로 실었다.

"오오! '일본의 어두운 부분'을 다룬 단편, 꼭 읽고 싶어."

미하이는 이런 메시지를 보냈다. 또 흥미로운 단편이 있다면 〈LiterNautica〉에 올리고 싶다고도 말했다.

아니, 믿기 어려운 제안이었다. 나는 이 메시지를 받기 전까지 미하이와 〈LiterNautica〉에 관해서 전혀 몰랐다. 페이스북에서 친구로 연결되긴 했으나, 친구 신청을 엄청나게 뿌렸으므로 연결되었어도 대부분 생판 모르는 타인인 상태였으니까. 내가 아는 미하이의 이미지는, 방랑 무사처럼 자유로운 머리 스타일을 하고서 동그란 아이콘 사진 안에 들어간 30대 남자일 뿐이었다. 그래도 제안을 받아들이지 않을 이유가 없다.

쿵쾅쿵쾅 뛰는 심장을 추스르며 나는 미하이에게 작품 파일을 보냈다.

작품을 보냈으니 그저 기다릴 뿐이다. 그러는 동안 〈LiterNautica〉에 올라온 작품을 읽으려고 했는데, 심장이 폭발할 듯이 긴장한 상태로는 루마니아어가 완전히 수수께끼 상형문자로 보였다. 그걸 해독할 상황이 아니었다.

그때 내가 놓인 상황이 대체 무엇인가. 흥분과 불안이 교차하는 공격적인 찌릿찌릿한 모호함이었다. 시간이라는 개념이 완전히 일그러져서 한순간은 가속한 것 같다가 처절하게까지 느려졌다.

히키코모리로 지내는 것이 극에 달했을 때의 시간 감각과 비슷해 보이는데, 그게 완만한 자살 같다면 이건 좀 더 극적인, 세계가 적극적으로 내 어깨를 붙잡고 덜컹덜컹 흔드는 느낌이었다. 시간의 흐름에 휘말려 내 마음이 어마어마하게 회전하는 것 같았다. 머리통에서 뇌가 쑥 날아가서 언덕을 데굴데굴 굴러가는 감각을 느꼈다.

나는 그런 상태로 답변을 기다렸다.

그저 답변을 기다릴 수밖에 없었다.

기다리고, 기다리고, 계속 기다리고….

그 순간은 갑자기 찾아왔다.

페이스북에 미하이가 보낸 메시지가 도착했다.

Hei, chiar mi-au plăcut poveștile tale. Vreau să le public pe LiterNautica.

이봐, 당신 단편이 마음에 들었어. 〈LiterNautica〉에 꼭 올리고 싶어.

그때 내 뇌에서 빅뱅이 일어났다. 그 순간부터 무시무시한 속도로 일이 진행되었다. 내가 속고 있는지 모른다고 의심도 했는데, 그때 〈LiterNautica〉 쪽은 미하이나 편집자가 원고를 받으면 곧바로 편집과 확인 작업을 시작해서 그대로 원고를 실으려는 태세를 갖췄다.

그래서 며칠도 지나지 않아 내 작품 『Un japonez ordinar』가 그 문예지에 실렸다. 사이트 제일 위에 작품 감상 페이지로 연결되는 섬네일을 봐도 당연히 곧바로 믿을 수 없었다.

내가 지금 보는 건 꿈인가, 악몽인가. 그런데 이거 보게나, 현실이네!

나는 개선가를 울린 듯이 트위터에 일본어로 보고했다. 당시 흥분 상태를 알려면 그대로 인용해야겠지.

네, 내가 루마니아어로 쓴 단편 「Un japonez ordinar」가 루마니아어 Web 문예지 〈LiterNautica〉에 실렸습니다. 네, 해냈어요, 사이토 뎃초는 일본인으로서 처음으로 정식 루마니아 문학 작가가 되었습니다. 내가 루마니아 문학이 되었어요. 내 인생에서 가장 커다란 성취야!

뭔가, 하고 싶은 말이 마구마구 솟구칩니다. 우선 나는 루마니아 문학의 역군으로 첫 발걸음을 뗀 것인데, 루마니아어로는 현대 일본의 어두운 부분, 특히 이 나라의 해로운 남성성의 미래를 그리고 싶습니다. 배외주의, 성차별 같은 것을 표현하고 싶어요.

지금까지 일본에서는 계속 별 볼 일 없이 살고 있었잖아요. 그래서 이런 생각을 했어요. 일본이 아니라 다른 나라가 나를 이해해주지 않을까. 이런 생각이 가장 좋은 형태로 열매를 맺었다고 하면 좋을까요, 내게는 제2의 고향인 루마니아가 먼저 나를 인정해준 것이 정말 자랑스럽습니다.

그러자 일본어로 친구들에게 축하받았고, 루마니아어로 보고했더니 이번에는 루마니아 친구들에게 축하받았다. 루마니아어로 "축하해"는 Felicitări라고 하는데, 모두가 이렇게 말해주었다. 또 이런 말도 들었다.

Felicitări, un text plin de vigoare și imagini senzoriale interesante.

축하해요, 활기 넘치고, 매우 흥미롭게 감각에 호소하는 이미지가 가득한 글이네요.

Welcome! Textul ăsta e foarte bine scris. Are un stil simplu și la obiect, și cu toate astea dă de gândit, dovadă că ai nevoie de relativ puține cuvinte pentru a produce literatură.

어서 와요! 이 작품, 정말 잘 썼어요. 문체 자체는 소박하고 즉물적인데, 깊은 사색을 읽을 수 있어요. 짧은 말만으로도 충분히 문학을 만들어낼 수 있다고 증명했어요.

루마니아 사람이 루마니아어가 아니라 일본어로 "대단한데요! 감동했어요!"라는 감상을 보내기도 했는데, 나야말로 감동했다.

이 사건이 지금도 믿기 어려운, 여전히 꿈처럼 여겨지는 이유가 하나 더 있다.

「Un japonez ordinar」가 〈LiterNautica〉에 실린 것은 2019년 4월 1일, 즉 만우절이었다.

그래도 이건 절대 거짓말이 아니다. 바로 이날을 기점으로 나는 일본인 최초로 루마니아어 작가가 되었다. 진짜 해냈다니까.

루마니아 문단의 실태

　그리하여 사이토 뎃초, 화려하게 루마니아 문단 데뷔하다!

　말은 이렇게 하지만 일본에 틀어박혀 있는 상황은 전혀 달라지지 않았으니, 현지에 있었다면 몰라도 화려함과는 거리가 멀다. 온라인의 사람들 이외에는 편의점에서 파는 기간 한정 감자칩의 맛만이 나를 축복했다.

　루마니아 문단은 일본의 그것과는 전혀 다른 세계다. 데뷔한 이후부터 그야말로 미지의 경탄과 만나서 매일 신선했다. 코미디 중에 나라마다 다른 문화를 소재로 삼은 컬처 갭 장르가 있는데, 내가 그런 영화의 주인공이 된 기분이었다.

　이 이야기를 하고 싶어 미치겠다. 왜냐하면 이 갭을 경험하는 것 자체가 루마니아 작가로서의 내 행보니까.

　우선 일본과 가장 큰 차이는 직업 소설가가 존재하지 않는다는 것인데, 아예 직업 소설가라는 개념 자체가 없다.

누군가에게 들었는데, 루마니아 출판업계는 유럽 중에서도 가장 규모가 작다고 한다. 일본에서 소설이 팔리지 않는다는 소리가 나온 지 오래됐는데, 루마니아는 시장 규모가 작아서 일본처럼 '팔린다·팔리지 않는다'라는 척도 자체가 적용되지 않는다.

그러니 소설을 써도 돈을 벌 수 없다. 애초에 소설을 쓰는 사람 중에 소설을 써서 돈을 벌려는 인물이 거의 없다고 표현하는 게 옳겠다. 이런 사고방식이 존재하지 않는다.

루마니아에서 소설가라면, 일본으로 말하면 자동으로 '겸업 작가'가 된다. 미하이는 인테리어 디자이너 겸 소설가, 랄루카 씨는 인류학자 겸 소설가, 이런 겸업이 기본이다.

다들 소설 밖에서 생활비를 벌고, 여가 시간에 아무런 걱정도 염려도 없이 그저 쓰고 싶은 소설을 쓴다. 그러니 소설을 쓰는 것은 직업이 될 수 없다.

들은 이야기인데, 무라카미 하루키와 함께 루마니아의 노벨문학상 후보로 꼽히는 미르체아 카르타레스쿠는 대학 교수 겸 소설가라고 한다.

루마니아에서 소설이 얼마나 팔리느냐에 대한 이야기를

좀 더 해보자면, 자국 문학은 팔리지 않는 대신 외국 문학이 인기라고 한다. 이건 일본과 반대 현상이려나.

루마니아 국민은 기본적으로 자국 문화에서 재미를 못 느끼고 해외 문화를 더 매력적이라고 여기나 보다. 그러니 문학 쪽에서는 미국, 프랑스, 러시아 문학이 인기다. 나는 믿기 어려운데 그중에 일본 문학도 들어간다. 루마니아 문학은 전혀 팔리지 않는다.

그래도 높은 빈도로 루마니아 문학이 출판된다. 팔리지 않는데 왜 책을 내나 싶지만, 요컨대 문화 부흥이다. 자국 문화를 끊기게 할 수 없으니까 자선 사업으로 한다. 외국 문학을 판 돈으로 루마니아 문학을 출판한다. 그러니 돈이 벌릴 리 없어서 소설가는 모두 다른 일을 하며 취미로 소설을 쓴다.

이게 뭔가 싶을 것이다. 이 사실을 루마니아가 유럽 최빈국 중 하나라는 정보로 연결하려는 독자가 있을지도 모른다. 하지만 그렇게 보긴 어렵다.

루마니아에서 소설 집필은 돈과 연결되지 않는다. 즉, 소설이라는 예술은 자본주의 논리 밖에 존재한다. '예술이 돈과 결탁하면 쓰레기가 된다'라는 고풍스러운 생각을 지닌 내게는 루마니아, 참으로 매력적이다.

문예지는 어떤가 하면, 기본적으로 개개인이 공모에 작품을 보내는 시스템이다.

의뢰를 받아 집필할 때도 당연히 있는데, 보통 자기가 쓰고 싶은 것을 써서 문예지에 보내는 경우가 많다. 그걸 편집자가 읽어서 재미있으면 싣고, 재미없으면 사죄와 함께 돌려보낸다. 꼭 입사 지원자에게 보내는 거절 메일 같다.

나는 요 3년간 30편가량 단편이 게재되었는데, 의뢰받아서 쓴 적은 두세 번 정도다. 그것도 "뭔가 쓴 게 있으면 보내주세요"라는 어중간한 의뢰였다.

일본은 신인상에 응모하는 형식이고, 상을 받으면 프로로 데뷔한다. 이렇게 말하면 그런데 권위주의적인 시스템이다. 나도 원고지 200매 정도의 단편을 두 편 써서 보낸 적이 있다. 권위의 인정을 받으려고 한 것을 부정하지 않겠는데, 그래도 이 시스템은 뭔가 좀 이상하다.

이와 달리 루마니아는 언제나 편집자와 일대일이어서 좋다. 작품이 편집자의 마음에 들면 실리고, 마음에 안 들면 탈락이다. 그러면 다른 잡지에 또 보낸다. 이를 반복하면서 소설가로서 일희일비한다.

나는 운 좋게도 미하이의 인도를 받은 흐름인데, 그는 기존 문예지에 불신감을 품고 자기 잡지를 설립한 과거가 있다. '마음에 안 든다면 내가 문예지를 만들겠어!'라는 가뿐한 태도도 루마니아 소설가의 특징이다. 일본에서도 오타쿠들의 동인지 영역에서는 이게 보통인데, 루마니아는 이 형식이 완전한 메이저인 것이 차이점이다.

이와 관련해 루마니아에서는 문학 편집자라는 직업도 거의 확립되지 않았다고 나는 내심 생각한다.

문학 편집자는 물론 있는데, 대부분 자기도 소설가로서 작품을 쓰는 겸업 편집자, 즉 미하이 같은 존재가 많다. 그래도 이건 그냥 내 생각인데, 자신 역시 소설가로서 매일 노력하는 사람이 내 작품을 편집해주는 것이 필연적으로 안심할 수 있다. 뭐, 이건 취향 문제겠지만.

다음은 책 출판인데, 적어도 처음 내는 책은 원고를 가지고 가서 읽어달라고 하는 형태다. 나는 지금 단편이 제법 쌓인 2020년 여름쯤부터 루마니아에서 책을 출판하려는 소원 달성을 목표로 루마니아 출판사에 원고를 보내고 있다. 편집자에게 직접 원고를 첨부한 메일을 보낸다.

그런데 이게 쉽지 않다. 작풍이 "폭력적이고 너무 그로테스크하다"라는 이유로 출판을 거절한다면 이해할 수 있다,

이건 어쩔 수 없다. 그러나 작년부터 "코로나 때문에 올해는 새로운 책을 낼 수 없다"라는 거절이 두드러졌는데, 다양한 의미로 납득할 수 없다. 또 소설가 친구에게 들었는데, 그의 또 다른 친구는 이미 소설 출판이 정해졌으나 코로나 때문에 회사 경영이 기울어서 중지라는 최악의 사태에 직면했다고 한다. 아, 힘든 시대에 루마니아에서 소설가가 되고 만 것이다, 나는.

그래도 마리아 페트리크라는 편집자에게 원고를 보내서 꽤 좋은 반응을 받은 적도 있다. 바쁜 모양인지 오랫동안 답을 받지 못해 "원고의 출판 여부를 알려주지 않으면 다른 출판사에 보내지 못하는데요?" 하고 안절부절못했다. 그래서 용기를 내 재촉 메시지를 보냈더니 "답변이 늦어서 미안합니다. 원고는 잘 읽었어요. 작품이 참 마음에 들어요. 조지 손더스의 『패스토럴리아』 같아요. 그래도 지금 다른 작업 때문에 바빠서 한 달쯤 답변을 기다려줄 수 있을까요?"라고 회신이 왔다.

앞으로 한 달 더 기다리라니. 뭐, 그래도 내 글이 조지 손더스를 방불케 한다는 말을 보아 용서했다. 좋지, 손더스. 일본에

서는 기시모토 사치코라는 번역가의 손을 거친 작품이 특히.[1]

한 달이 지나 답변이 왔다. 출판은 어렵단다. 이때 머리가 좀 띵 하고 울렸다. 이 메시지에 답을 보낼 기력도 없어서 무례하지만 그냥 무시했다.

그래도 마리아는 내 스물아홉 번째 생일에 축하 메시지를 보내왔다. 이쯤에서 사과해야겠다 싶어서 용기를 내 사과와 감사를 전하자, 원고가 쌓이면 또 도전해달라는 답이 왔다. 그래서 "물론"이라고 답을 보냈다.

그 기세로 두 번째 원고를 보냈더니 출판이 결정…이면 최고겠지만, 그렇게 일이 잘 풀리지 않았다. 대신 몇 달 뒤 마리아에게서 다시 메시지가 와서 자기가 창간할 새로운 문예지에 작품을 써달라고 의뢰했다. 그래서 그녀의 잡지 〈Revista Planeta Babel〉에 내 작품이 실렸다.

내가 하고 싶은 말이 뭐냐면, 원고를 보내서 거절당해도 분노를 삭이고 편집자에게 고맙다고 답변을 보내야 한다는 것이다.

---

1   『짧고 무서운 필의 시대(The Brief and Frightening Reign of Phil)』와 『12월 10일(Tenth of December)』이 기시모토 사치코의 번역서다. 한국에는 『12월 10일』이 출간되었다. ― 옮긴이

미하이와의 우정

미하일 빅투스, 나의 친구이자 루마니아 문단의 기예, 또 나를 루마니아 문단에 데뷔하게 한 주인공.

외모는 무뚝뚝함과 늠름함의 경계라고 할까, 마치 대지의 흙을 뒤집어쓰고도 의연하게 적을 베는 방랑 무사다. 일본에서는 당신 같은 사무라이가 인기야, 라고 미하이에게 페이스북 메신저로 말한 기억도 있다.

성격은 나이보다 훨씬 어른스러워서 아직 책을 두 권밖에 안 냈는데도 거장의 품격이 느껴질 정도로 원숙하다. 그래도 그 눈동자 안쪽에는 문학적 야심이 노골적으로 드러난다.

일본의 건축가 중 특히 1940년대 전반에 태어난 세대를 '방랑 무사' 세대라고 부르는데, 거기 속하는 사람 중 한 명이 눈이 번쩍 뜨일 만큼 콘크리트를 박은 건축물 '스미요시 나가야'[2]를 설계한 안도 다다오다. 지금은 일본에서 가장 유명한 건축가인데, 프로 복서였다가 독학해서 건축가가 된 이색적인 경력을 지닌, 그야말로 고고한 인물이다.

---

2   안도 다다오의 초기 건축물. 가로 3미터 정도의 2층짜리 작은 콘크리트 건물이다. —옮긴이

그 노골적인 고고함, 거기에 호시탐탐 상대를 노리는 복서가 갖추는 명석함. 즉 미하이는 루마니아 문학계의 안도 다다오인 셈이다.

미하이는 나에게 일본 친구를 포함해서도 친한 친구 중 하나라고 할 수 있는 인물이다. 물론 직접 만난 적은 없지만. 앞서 말한 대로 그가 없었다면 나는 루마니아어 소설가로 데뷔하지 못했고, 이 책을 쓸 일도 없었다는 의미에서 소중한 존재이기도 하다. 나아가 무라카미 하루키보다 무라카미 류를 좋아하고, 일본 문학의 음울한 폭력을 좋아하는 하드가이이기도 하다.

루마니아어로 작품을 쓰면 제일 먼저 미하이에게 작품을 보여주고 조언을 받는다. 간결하며 정곡을 찌르는 말은 언제나 도움이 되고, 내가 우울해하거나 앞날에 불안감을 느낄 때면 용기를 주기도 한다. "헤밍웨이가 생각나는 간결하며 힘찬 문장이야"라는 찬사까지 해준 적도 있다. 기뻤고, 척추가 쫙 펴졌다. 또 〈LiterNautica〉의 편집자로서 작품을 음미하고, 최고의 상태로 실어준다. 그는 루마니아 문학계에서 내게 길을 제시해주는 인도자다.

나는 근성이 초등학생 수준에서 더 성장하지 못해서 시

시껄렁한 야한 소리를 좋아한다. 그래서 '상사에게 알랑대다' 같은 문장을 '상사의 엉덩이 구멍을 빨다'라고 쓰고 싶다. 또 이런 문장을 루마니아어로 번역하려고 한다. 루마니아어로도 '엉덩이 구멍'은 anus니까 그렇게 썼더니, 미하이는 găoază(가오아자)라는 생전 본 적 없는 단어를 알려주었다. anus보다 강렬한 슬랭이라고 한다. 이런 단어, 사전을 찾아도 없는 생생하게 살아 숨 쉬는 루마니아어다.

이런 친구를 가져서 나는 정말 행복하다.

그런데 2020년 하반기 제164회 아쿠타가와상을 수상한 작품을 기억하는가? 우사미 린의 『오시, 모유推し、燃ゆ』[3]다.

'오시'[4]라는 일본 특유의 문화를 통해 현대의 신앙을 그린 작품인데, 만약 내가 이 작품을 루마니아어로 번역한다면 어떻게 할까? 문득 호기심이 생겨서 미하이에게 상담하기로 했다.

아, 그러기 전에 먼저 혼자 생각했다. 당연히 본문을 번역하는 건 한참 역부족이니까 일단 '오시, 모유推し、燃ゆ'라는 제

3　한국에서는 『최애, 타오르다』라는 제목으로 번역 출간되었다. — 옮긴이

4　推し. 좋아하는 연예인 등을 뒤에서 응원하고 받쳐준다는 의미. 연예인에 한정하지 않고 좋아하는 다양한 분야에 쓴다. — 옮긴이

목을 루마니아어로 어떻게 번역할지 생각했다. 다만 단어 하나도 번역하기 어려워서 금방 골머리를 앓았다.

'推し、燃ゆ'라는 제목은 지극히 일본적이다. 먼저 '推し(오시)'가 일본 특유의 개념이어서 이걸 가리킬 단어는커녕 이런 개념이 해외에 존재하는지 의심스럽다.

또 '燃ゆ(모유)'는 인터넷에서 댓글이 폭발하고 악플이 달리는 것을 의미하는 말인데, 영어로 flaming이라는 같은 뜻의 표현이 있지만 이걸 그대로 루마니아어에 적용해도 되는지 어려운 문제다. 게다가 '燃ゆ'가 옛날 일본어인 점도 고려해야 한다.

만약 단어 의미 그대로 '推し、燃ゆ'를 루마니아어로 바꾼다면 'Idolul meu favorit pe care-l suprijinesc este criticat în mod vehement pe internet(내가 응원하는 제일 좋아하는 아이돌이 인터넷에서 마구 욕을 먹는다)' 정도로 설명을 추가해야 할 것이다. 이 정도로 과하게 하지 않으면 루마니아 사람에게 '推し'라는 문화까지 담아 제목을 설명하지 못한다.

그러나 이건 설명이지 실제 제목으로 쓸 순 없다. 그러니 루마니아어로도 '推し、燃ゆ'의 간결함에 접근해야 한다.

일단 단순히 생각해서 '推し'와 '燃ゆ'의 직역을 넣어보자.

'推し'는 어렵지만 주인공이 신봉하는 상대가 아이돌이니까 소박하게 직역해서 idol은 선택지로 가능하다. 다만 이래서는 '推し'에 깃든 지극히 개인적인 감정이 무너지므로, 이걸 추가해줄 단어가 하나 필요해진다. 그래서 'Idolul meu(나의 아이돌)'이라는 형태를 생각했다.

'燃ゆ'는 다행히 '인터넷 악플'과 같은 개념이 루마니아에도 존재하는 걸 알았다. sub foc다. 영어의 under fire와 비슷하다. 무리해서 의역하지 말고 이 두 가지를 연결해서 'Idolul meu, sub foc(나의 아이돌, 비난받다)'를 만들어보았다.

이렇게 번역 제목을 만든 다음에 미하이에게 상담하러 간 것이다.

한가할 때 메신저로 메시지를 보내며 그와 수다를 떠는데, 이번에는 술도 좀 마시면서 나로서는 가벼운 술자리 같은 느낌으로 번역 문답을 나눴다. 오로지 온라인으로, 게다가 일본과 루마니아는 시차가 7시간쯤이어서 이쪽의 밤이 그쪽의 오후이니까, 미하이는 술을 마시지 않았을 테지만.

그에게 영어로 뉘앙스를 알려주며 같이 생각했는데, 이때 그는 'Defăimarea idolului meu'라는 제목을 제안했다. 직역하면 '나의 아이돌 명예 훼손'인데 '나의 아이돌 타락' 정도로 번역할 수 있다. 혹은 '타락 천사'일까.

그래도 나는 '推し、燃ゆ'에 들어간 구두점 ' ,'를 살리고 싶었다.

루마니아어 소설 제목으로는 그럭저럭 쓰이는 편인데, 일본어 소설 제목에서 구두점을 쓰는 것은 비교적 드물다. 이 뉘앙스를 꼭 남기고 싶었다. 그래서 나는 'Idolul meu, sub foc'가 더 좋다고 생각했다.

그런데 여기에서 문제가 하나 생긴다.

우사미 린은 제목에 '燃える(모에루, 불길이 일다)'나 '炎上(엔조, 비난 쇄도)'라는 단어를 쓰지 않고 일부러 '燃ゆ'라는 옛말을 썼다. 작가의 의도를 존중한다면 sub foc라는 단어는 루마니아어의 어감으로는 너무 새롭고 일상적이다. 요즘 평범하게 쓰는 단어를 써버리면, '燃ゆ'가 일본어 독자에게 주는 이질적인 감각을 표현하지 못한다.

sub라는 전치사는 바꿀 수 없으니 이때 바꿔야 하는 건 '불길'을 의미하는 foc라고 생각했다.

이때 미하이가 rug라는 단어를 제안했다. 이것은 '불길'을 의미하는 옛 루마니아어로, 마녀사냥 때의 불길을 형용할 때 쓰는 단어라고 한다. 영어로는 pyre다. 인터넷 악플이라는 현상을 현대 마녀사냥에 비유하는 설명은 많다. 그 논지에 동의하는지는 다른 문제인데, 단어로서는 이걸 써도 괜찮을 것 같았다.

그래서 완성한 제목이 'Idolul meu, pe rug'다.

rug에는 sub가 아니라 '~위에'를 의미하는 pe를 써야 한다는 것이 미하이의 주장이었다. 좀 더 마녀사냥 같아서 좋다.

일본어 뉘앙스를 완벽하게 담았다고 하긴 어려운데 — 그러나 이건 번역의 숙명이로다 — 제목의 간결함이나 리듬감을 고려하고, 의미 추가나 단어의 길이 조절을 최소한으로 억제한 점에서 현시점에서는 'Idolul meu, pe rug'가 제일 좋은 답 같다.

물론 좀 더 고민해볼 필요가 있으므로 앞으로도 루마니아 사람과 상담하며 이것저것 시도해보겠다.

이렇게 미하이와 함께 『推し、燃ゆ』의 제목을 번역했는데, 그로부터 몇 개월이 지나 이 에세이를 쓸 때, 이 작품의 영역본이 나왔다는 정보를 얻었다. 제목을 확인했더니 『Idol, Burning』이었다.

음, 역시 구두점은 필요하지! 또 idol에 소유격을 붙이지 않아도 의미가 통한다고 프로가 판단했으니까 나도 그건 편하게 Idolul만 써도 괜찮을 것 같다.

그러나 요즘도 평범하게 쓰는 burning을 쓰는 건 좀 아니지 않나? 이건 나와 미하이가 생각한 pe rug가 더 고풍스러워서 좋지 않나?

뭐, 어떤 제목이 더 나은지는 하늘만이 알고 있을 것이다.

무라카미 하루키에게서 도망치지 못한다

Sincer, nu ştiu de ce un japonez, care vine din ţara lui Kawabata şi Yukio Mishima, şi-ar dori să scrie în limba română, însă m-a cucerit atât sinceritatea mesajului, cât şi, mai ales, efortul de a învăţa o limbă europeană care probabil pentru Tettyo Saito e mai exotică chiar decât ni se pare nouă limba japoneză.

솔직히 말해서 가와바타 야스나리나 미시마 유키오를 낳은 나라에서 온 일본인이 루마니아어로 왜 집필하고 싶은지는 모르겠다. 그러나 진지한 메시지, 무엇보다도 아마 그에게는 우리가 일본어를 대하는 것처럼 이국적으로 비칠 유럽의 한 언어, 루마니아어라는 언어를 배우려고 한 노력에 나는 감명을 받았다.

이것은 내 작품을 실은 문예지 〈O mie de semne〉의 편집장이자 소설가 젤루 디아코누가 작품 서두에 적은 글이다. 일본인이 루마니아어로 소설을 썼으니까 "일본인이 루마니아어로 작품을 쓰다니 대단해!"라며 제법 반향이 있었는데, 이 글이 제일 기억에 남았다.

다시 읽을 때마다 감개무량한데, 동시에 흥미로운 점도 있다. 루마니아 독자들이 일본 문학에 관심이 크다는 것이다.

예를 들어 아쿠타가와 류노스케나 다니자키 준이치로, 가와바타 야스나리는 물론이고 이노우에 히사시의 작품이 루마니아어로 번역 출간되어서 놀랐다. 현대 작가라면 가와카미 히로미가 인기이고, 최근 번역된 작품으로는 무라타 사야카의 『편의점 인간』과 가와카미 미에코의 『여름의 문』이 있다.

그래도 고전과 비교해 최신 작품의 수는 아주 적다. 아마 다른 나라도 대충 비슷할 텐데, 문학 번역가이면서 일본에 사는 사람이 없어서 최신 일본 문학을 내부에서 알 수 있는 존재가 없다. 부족한 정보도 영어로 얻어야 한다.

내 작품은 그런 상황인 루마니아 문단에 '루마니아어로 쓴 일본 문학'으로서 데뷔했다고 볼 수 있다. 최신 일본 문학을 읽고 싶으면 영어에 기댈 수밖에 없고 정보를 어떻게 얻어야 하는지도 모르는 루마니아 독자에게 나는 일본에서 유럽으로 온 작가이니, 어떻게 보면 몇백 년 전 서양이 동양에 개항을 요구하며 찾아왔던 역사를 반전시키는 존재 같았을지도 모른다.

게다가 나는 루마니아가 아니라 일본, 그것도 도쿄 근교에 사니까(몇 번이나 말하는데 지금까지 루마니아에는 단 한 번도 간 적이 없다!) 신간이나 문예지를 포함해 최신 일본 문학을 실시간으로 읽을 수 있다.

무엇보다 중요한 것은, 어째서인지 나는 루마니아어로 서평도 쓸 수 있다. 그래서 2020년에는 〈LiterNautica〉에서 서평도 연재했다. 다카세 준코의 『개의 모양을 한 것』이나 아라타 구루미의 『별로 돌아가라 星に帰れよ』처럼 내가 높이 평가하는 작가의 작품은 물론이고, 오타니 아키라의 『바바야가의 밤』은 문예지에서 읽고 단행본이 나오기 전에 서평을 쓰기도 하는 등 내 마음대로 하고 있다. 아마 나는 루마니아와 현대 일본 문학의 틈새를 채워주는 존재로서 상당히 요긴한 모양이다.

조금 다른 이야기인데, 나는 나와 처지가 반대인 일본어가 모국어가 아닌 사람들이 쓰는 일본 문학에 흥미가 있다.

최근으로 말하면 세르비아 출신인 다카하시 블랑카나 아쿠타가와상도 받은 타이완 출신 리 고토미 같은 작가의 작품이다. 그중에서도 최근 궁금한 작가가 그레고리 케즈너잿이다. 미국 출신인 그는 2021년 『가모가와 러너鴨川ランナー』라는 작품을 출판했는데, 일본인과 외국인 사이를 갈팡질팡하는 사람들을 독특한 시점과 문체로 그려낸 재미있는 작품이다.

그는 〈nippon.com〉과의 인터뷰에서 자기 고향인 미국 남부를 무대로 한 차기작에 집중하는 중이라고 밝혔는데, 일본 문단이나 독자가 그 작품을 받아들일지 조금 걱정이라면서 이렇게 말했다.

"전에 시린 네자마피(두 번에 걸쳐 아쿠타가와상 후보에 오른 이란 출신 작가)의 『하얀 종이』를 읽고, 일본이 아닌 이란을 무대로 삼은 것에 감탄했습니다. 그러나 아쿠타가와상 심사평에 이 소설을 일본어로 쓸 필요가 어디 있느냐는 견해가 있었죠. 독자의 기대에 미치지 못했을지도 모릅니다. 일본어 '월경(越境) 문학'에는 '일본에서 이방인의 체험을 그려달라'

는 요망이 있는 것 같아요."

이걸 읽고 굉장히 놀랐다. 『하얀 종이』에 대한 일본의 반응이나 시린 네자마피에 대한 기대는 루마니아에서 '일본인 루마니아어 작가' 혹은 케즈너잿의 말을 빌리면 '루마니아어 월경 작가'인 내게 요구하는 것과 정반대였기 때문이다.

나는 오히려 루마니아와 전혀 관계없는 일본에 관해서, 일본에 대한 것을 루마니아어로 쓴 작품만이 좋은 평가를 받는다. 다만 이건 아마 시대적인 배경 이상으로 다양한 요소도 겹쳤으리라.

앞서 언급했듯이 루마니아에서는 일본 문학을 상당히 많이 읽는다. 그러니 내 작품에서 그런 문학을 읽을 때와 같은 기대, 혹은 이국 취향을 채워줄 수 있는 것을 원한다. 한편 네자마피 쪽은 어떤가 하면, 루마니아 독자가 일본 문학을 대하는 것만큼 이란 문학에 대한 일본 독자의 조예가 깊지 않다. 그러니 정신적인 거리가 먼 것보다는 '일본에서 이방인의 체험'이라는 가까운 것을 원할지도 모른다.

일본은 미국이나 서유럽과 비교해 외국인 작가가 적다고 한다. 그런데 그 이상으로 루마니아에는, 루마니아어를 공용어로 쓰는 이웃 나라 몰도바 출신 작가는 많으나 그 외의 외국인 작가는 거의 없다. 아일랜드 출신인 필립 오 캘리 이외에는 생각나지 않는다. 일본도 적지만 루마니아는 훨씬 더 적으므로 '외국적인 느낌'을 기대한다.

이렇게 나 나름대로 분석하면서, 처음에는 놀랐지만 결국 일본과 루마니아에서 월경 작가의 위치는 비슷한 것 같다고 생각이 바뀌었다.

요컨대 문단이 월경 작가에게 원하는 것이 명확하고, 그걸 채워주는 작가가 평가받는다는 점이다. 나로 말하면 음, 일본 나막신을 억지로 신기려는 것 같다는 기분이 가끔은 든다. 이걸 루마니아 사람에게 물어보면 "아니야, 나막신을 신길 생각은 전혀 없어"라고 말하겠지만, 무의식적인 편견이 존재하지 않을까?

그런 상황에서 루마니아어로 작품을 써서 루마니아 문예지에 발표하며 생각했다. 나는 지금 이소자키 아라타나 포스트모던 시대의 건축가처럼, 유럽이라는 백인 제국을 대하면서 그들이 일본 혹은 아시아에 품은 지적 기대나 이국 취향을 어떤 식으로 채워주는 동시에 쥐락펴락하는 것을 전략적으로 하고 있다고. 한편으로 그들은 일본 문학이라면 기본적으로 고전은 물론이고 다니자키 준이치로의 『무주공 비화』

나 오카모토 기도의『한시치 체포록』같은 나도 읽은 적 없는 작품까지 읽고서 나를 호시탐탐 해석하려고 한다. 그러니 영혼을 걸고 싸우지 않으면 순식간에 그들의 지식에 삼켜진다.

그나저나 여기까지 읽은 독자는 외국에서 수용하는 일본 문학을 언급하는데 '어라? 왜 그 작가의 이름이 나오지 않지?'라고 생각할 것이다. 그렇다, 나는 일부러 이름을 거론하지 않았다. 그래도 역시 말해야겠지.

자, 외국에서 소설을 써서 활약하고 싶은 일본인에게 충고하겠다.

당신이 뭘 하든, 어떤 소설을 쓰든, 십중팔구 무라카미 하루키가 언급될 것을 각오하라. 독자들은 "무라카미 하루키가 생각나요!"라고 말하고, 문학 비평가는 무라카미 하루키나 그의 작품을 엮어 비평하고, 인터뷰할 때마다 반드시 무라카미 하루키에 관해 묻는다.

무라카미 하루키에게서 절대 도망치지 못한다.

아마 소설을 쓸 정도라면 그 언어가 모국어인 소설가 친구도 많이 생겼을 텐데, 그들도 무라카미 하루키를 언급한다. 부디 각오해두기를.

루마니아와 연관해서 겪은 개인적인 경험을 말하면, 지금까지 인터뷰할 때마다 매번 무라카미 하루키 질문을 받았다. 한 인터뷰에서 무라카미 하루키에 대한 질문을 받아 대답하면, 다른 인터뷰에서 그때 무라카미 하루키에 대해 한 말을 깊이 읽어내고 또 무라카미 하루키에 관해 질문한다.

이쯤에서 루마니아에서 무라카미 하루키의 수용도를 조금 설명하면, 데뷔 장편인 『바람의 노래를 들어라』부터 최신 장편인 『기사단장 죽이기』까지 장편은 거의 전부 루마니아어로 번역되었다. 일반 독자 침투율도 매우 높아서 일본 문학뿐 아니라 문학을 좋아하는 사람이라면 읽었을 확률이 상당하다.

그러니 내가 루마니아어로 소설을 쓴다고 소개하면, "일본 문학이라면 무라카미 하루키를 읽었어요! 사실 지금도 『해변의 카프카』를 읽고 있어요!"라고 말하곤 한다. 지금은 뭐 포기하고 무라카미 하루키 이야기를 적극적으로 하는 편인데, 그러면 또 루마니아 사람들이 무라카미 하루키에 관해 캐묻는 악순환이 생긴다. 아이고, 정말이지 복잡한 심경이다.

뭐라고 할 수도 없는 것이, 무라카미 하루키를 언급하는 의도가 악의가 아니라 오히려 선의에서 우러나왔기 때문이다. 무라카미 하루키 같은 존재를 낳은 일본 문학은 정말 멋지죠,

그런 문학이 있는 나라의 사람이 세상에 루마니아어로 소설을 쓰다니 대단해요! 이런 경탄이 섞인 순수한 미소가 말의 이면에 보이는 것 같다.

전에 트위터 팔로워의 트윗에서, 쓰무라 기쿠코의 『이 세상에 쉬운 일은 없다』가 영역된 것을 알고 놀랐는데 한편으로 'Echoes of Haruki Murakami'라는 평을 보고 의문을 품었다는 이야기를 봤다. 즉, 그 쓰무라 기쿠코도 '무라카미 하루키 같은'이라는 비유에 갇힌다는 것이다.

이것이 해외에서 보는 현대 일본 문학의 적나라한 현실이다. 어떤 소설이든 반드시 무라카미 하루키와 연결된다. 이것이 세계 문학의 시대라는 것이다.

앞서 이소자키 아라타나 포스트모던 건축가를 언급했는데, 그들처럼 해외에서 활약하는 일본 예술가가 전략적으로 일본을 내세우는 발언을 나서서 하는, 혹은 그런 태도를 보이는 이유를 이런 상황을 통해 실감할 수 있었다.

매번 일본에 관한 질문을 받는 게 곤혹스럽다고까지 말하진 않겠지만, 솔직히 힘들다. 최소한 이런 질문에 수동적으로 대답하는 것을 넘어 스스로 적극적으로 말하려는 기개가 없으면 노이로제에 걸릴 것이다.

그러니 적극적이며 전략적으로 일본에 관해 이야기하게 된다. 나도 지금은 포기하고, '무라카미 하루키에 관해 뭐든지 물어보세요!'라는 심경이다. 그런데 최근 영화 〈드라이브 마이 카〉의 선풍으로 불길한 예감이 들어 "무라카미 하루키에 관해 묻지 말아 주세요"라고 페이스북에 본심을 적은 적도 있다. 끝에 lol을 붙여 농담처럼 했지만 진심이다.

그런데 무라카미 하루키를 벗어나도 내 앞에 새로운 그림자가 나타난다.

그 이름은… 무라카미 류!

그렇다, 루마니아에서는 무라카미 류도 끈질기게 인기다. 무라카미 하루키가 지겨운 나 같은 청개구리는 무라카미 류를 읽는다. 『한없이 투명에 가까운 블루』, 『미소 수프』, 『고흐가 왜 귀를 잘랐는지 아는가』, 『피어싱』, 『오디션』 심지어 『쇼와 가요 대전집昭和歌謡大全集』까지 루마니아에 번역되었으니까 루마니아의 무라카미 류에 대한 관심이 놀랍다.

내 작품을 무라카미 하루키 같다고 하지 않는 사람은 대신 무라카미 류 같다고 말한다. 미하이가 그런 사람이다. 아니, 무라카미 하루키 같으면서 무라카미 류 같은 게 뭔데! 이런 생각이 들 때가 종종 있다.

해외에서 일본인 소설가로 활동하면 예외 없이 두 명의 Murakami에게 쫓기는 나날을 보낼 테니 단단히 각오하시기를.

나의 스승은 고등학생,
그리고 90대 번역가

고등학생 시인 키라 군에게 가르침을 요청하다

어쩌다 보니 혜성처럼 루마니아 문단에 나타나버린 일본인인 나. 그러나 루마니아어의 완전한 이분자(異分子)이니 고독이 따라오게 마련이다. 악착스럽게 내 길을 가면서도 사실은 매번 어쩔 줄 몰랐다. 그래도 내게는 커다란 등불이 되어 길을 인도하는 스승들이 있다. 인터넷을 통해서지만 그들의 말씀을 접할 때마다 나는 행복한 놈이라고 생각했다. 진짜다.

나는 예전부터 시를 쓰고 싶었다. 그런데 쓰는 법을 몰랐다. 쓰고 싶다고 생각한 적이 한두 번이 아니면서 여전히 잘 몰랐다. 지금 생각하면, 쓰지 못하는 현실에서 시선을 피하고 싶어서 영화 비평 블로그나 일기 같은 시와 전혀 다른 양식의 문장을 마구 쓴 것 같다.

루마니아에서는 시와 다른 양식의 문장, 즉 영화 비평이나 소설을 통틀어 proză라고 부른다. 번역하자면 '산문'이다. 나는 지금까지 이 산문이란 걸 쭉 써왔는데, 나에게 이런 행위는 모르는 것을 알려고 하는 과정이었다. 예를 들자면 성차별이란 뭔가, 인종차별이란 뭔가, 폭력이란 뭔가, 또 일본이란 도대체 뭔가? 루마니아어로 작품을 쓰는 이유는 뭔가? 내 인생의 의미는 뭔가?

그렇지만 이 과정에서 어떤 질문을 '이해했다'고 여기더라도 그건 환상이라고 확신한다. 나에게는 계속 이해하려고 하는 시도 자체가 중요하다. 그런데 '이해하려고 하는 것'은 곧 '흑백을 확실하게 가리려고 하는 것'과 같다. 이를 끝없이, 영원히 하다 보면, 설령 답을 내진 못하더라도 이 세상을 대하는 자세로서 올바를까, 하는 생각이 든다. 이 질문에 직면할 때면 나는 정신과 언어가 긴장하는 것을 느꼈다.

이때 나타난 것이 poezie, 즉 '시'였다. 시는 내게 이렇게 말했다. "시를 쓰고 싶다면 소설이나 비평만 읽지 말고 시를 읽어!"라고. 그래서 나는 그날부터 도서관에 틀어박혀 닥치는 대로 시집을 읽기 시작했다.

노트를 펼치면 그때 내가 무슨 시집을 읽었는지 전부 기록되어 있다. 옥타비오 파스, 후안 헬만, 피에르 르베르디, 마사 나카무라, 가네코 미쓰하루, 쓰지이 다카시, 이시하라 요시로, 찰스 부코스키, 제프리 앵글스, 김영랑, 사라 크로산, 김광규, 포루그 파로흐자드, 퀸투스 호라티우스 플라쿠스, 얀 코하노프스키, 아사쿠라 이사무, 페린 르 케렉, 오사키 사야카, 발소르 호자, 한강, 후루카와 도모노리, 그리고 만요슈에 수록된 작자 미상의 아즈마우타[1] 등등. 그들의 시는 분명 나의 양식이 되었다.

그중에서도 다니카와 슌타로가 준 충격이 대단했다. 국내외의 시를 이렇게 많이 읽었는데도 마지막에는 다니카와 슌타로로 회귀한다. 그 정도로 엄청난 매력을 지녔다.

다니카와는 세상에서 가장 '현실의 해상도'를 자유롭게 조절하는 시인이다. 우리 일상과 머리 위에 펼쳐지는 우주를 부드럽게 연결하는 시다. 시집 『이십억 광년의 고독』에 그런 시

---

[1]   東歌, 일본의 가장 오래된 가집 만요슈의 제14권에 실린 동부 지방 방언으로 된 노래.—옮긴이

가 많이 실렸는데, 마침 우주 물리학에 빠졌을 시기에 읽은 덕분에 언어로 중력파를 포착하는 듯한 숭고함과 절실함을 느끼고 감동했다.

그는 인간의 눈과 허블 우주망원경의 눈을 동시에 지녔다. 그러니 다니카와는 일본 교과서에도 실리는 친근감 넘치는 시, 어른도 읽기 두려워지는 우주의 끝 같은 너무도 아름다운 시, 때로는 그의 작품 『정의定義』에 수록된 불쾌한 괴문서 같은 시 사이를 자유자재로 오간다. 정말 유일무이한 시인이다.

다만 내게 중요한 것은 '일본어로 시를 읽고 쓰기'가 아니고, 단순하게 '시를 읽고 쓰기'도 아니었다.

'루마니아어로 시를 읽고 쓰기'였다.

이쯤에서 나의 스승 중 한 명인 토니 키라 선생님에게 등장을 부탁하자.

내가 그의 시를 처음 알았을 때, 키라 선생님은 아직 열일곱 살 고등학생이었다. 팔팔한 소년이다. 아주 젊진 않아도 아저씨라고 하기에는 관록이 부족해서 어중간한 내게는 눈이 부신 존재다. 그는 아직 시집을 출판하지 않았으나 장래가 촉망되는 루마니아어 시인으로 루마니아 각지에서 개최되는 시 페스티벌에 초청받곤 한다. 어느 페스티벌에서든 최연소일 정도로 진짜 '신인'이다. 그의 작품을 읽었을 때, 설명하기 어렵지만 가장 먼저 순수한 젊음을 느꼈다. 대지에 움튼 새싹 같은 것. 접하기만 해도 내 마음도 젊어지는 기분이었다. 더 거창하게 말해도 된다면, 나는 거기에 미래가 있다고 생각했다. 스승으로 삼으려면 이미 시집을 낸, 실로 루마니아어 시의 현재라고 할 수 있는 인물을 고르는 게 좋았겠지. 예를 들어 클라우디우 코마르틴이나 라두 반쿠, 스베틀라나 커르스테안 같은 시인들 말이다.

다만 나는 현재보다 앞으로 올 미래에 배울 점이 있다고 생각했다. 그래서 나는 페이스북을 통해 그에게 부디 제자로 받아달라는 메시지를 보냈다. 그는 어디 사는 개뼈다귀인지도 모르는 극동의 멍청이를 다정하게 대했다. 처음에 그는 '왜 내 제자가 되려고 하지?'라는 반응이었다. 그래도 앞서 설명한 대로 '루마니아어 시의 미래'를 언급하자, 나를 받아들이고 가르쳐주기로 했다. 그의 넓은 도량을 접하자 태블릿을 들여다보느라 구부정하게 굽은 내 새우등도 바짝 펴졌다. 그때부터 나는 키라 선생님에게 시를 배우기 시작했다.

읽어야 할 루마니아어 시인

그는 먼저 꼭 읽어야 할 루마니아어 시인 두 사람을 알려주었다.

한 명은 미르체아 이바네스쿠다. 1931년에 태어난 그는 루마니아 전후 시를 대표하는 시인이며 제임스 조이스나 F. 스콧 피츠제럴드, 프란츠 카프카 같은 영어·독일어 문학을 루마니아어로 번역한 문학의 대가이기도 하다. 지금 루마니아어 시인 중에 그의 영향을 받지 않은 인물은 없다고 해도 좋다.

모더니즘 문학 번역가이며 전후 포스트모던을 대표하는 시인인데, 시에 과도하게 꾸민다는 인상은 없다. 오히려 전부 소박하다. 과도한 수사 없는 문체는 밤이나 사막 같은 평범하고 친숙한 이미지를 그리는데, 그것들을 연결하면서도 억지 기교를 부리지 않고 단순하게 엮어간다. 그런데도 거기에서 시간이 지날수록 변모하는 마을 풍경, 그를 둘러싼 과거의 추억들이 떠오른다. 시를 읽으면, 잃어가는 것들에 대한 짙은 애석함과 일종의 멜랑콜리가 느껴져서 경탄스러울 만큼 가슴이 저몄다.

두 번째는 유스틴 판차다. 1989년 루마니아 혁명 이후, 선

진적인 시로 루마니아에서 가장 유명한 시인이라는 명성을 구가한 인물이다. 2001년에 교통사고로 일찍 세상을 떠나 지금도 '영원한 젊은 시인'이라고 불리며 루마니아 국민에게 사랑받는다.

판차의 시는 산문 형식을 많이 갖다 쓰는 점이 큰 특징이다. 1990년대에는 prozopoem(프로조포엠)이라는, 시와 산문 사이를 오가는 스타일이 유행했는데 판차가 그 대표적인 시인이다.

시란, 시인 저마다의 생각에 따라 단어가 차례차례 잘리고 뿔뿔이 흩어지는데 그 모습을 읽는 것이 한 가지 즐거움이기도 하고, 나는 좀 더 자잘하게 잘린 이른바 개개의 단어를 읽는 것을 좋아한다. 그런데 판차의 작품에서는 갑자기 산문이 이물질처럼 던져진다. 그것은 개개의 단어가 아니고 단어의 흐름을 이룬다. 그렇다고 완전한 산문이 되진 않는다. 어느새 다시 개개의 단어로 돌아온다.

이렇게 개개의 단어와 흐름을 오가는데, 이 두 가지는 서로 영향을 주고받으면서 둘도 없는 형태로 융합을 이룬다. 어떻게 설명해도 모호하고 미묘해서 수수께끼 같은 분위기가 만들어진다. 그의 작품을 읽으면 언어의 마술에 걸린 기분이다.

또 그의 작품에서 보이는 갑작스러운 전조라고 해도 좋을 시와 산문의 전환이 흥미롭다.

키라 선생님의 인도에 따라 그들의 시를 나름대로 일본어로 번역했다. 키라 선생님이 연결해준 두 명의 루마니아어 시인, 그들의 작품을 어떻게 내 언어로 옮길 것인가. 이는 필연적으로 중압이 따라오는 대단한 경험이었다. 어떤 잡지에 싣는 일은 당연히 없지만, 그래도 나는 어마어마한 책임을 느꼈다. 어쩌면 이 루마니아어 시가 일본어로 번역되는 것은 역사상 최초일지도 모른다. 그런 중대한 일을 하니까 마음을 다잡고 또 잡아야 했다. 이 책임, 일본과 루마니아를 합친 국토보다 크다.

그래도 이런 책임감이 내 정신을 짓누르는 덕분에 언어가 날카로워지는 것을 느꼈다. '이렇게 할 수 있다면 루마니아어로 시도 쓸 수 있지 않을까'라는 생각이 새싹처럼 조금씩 움트기 시작했다.

시오랑의 오마주를 했다가 혼쭐이 나다

이런 경험을 바탕으로 나는 루마니아어로 시를 직접 써보기 시작했다. 아직 습작 수준이니까 여기 싣지는 못하니 봐주시기를.

키라 선생님에게 읽어달라고 했는데, 매번 용서라곤 없는 날카로운 첨삭을 해줬다.

동사 활용형이 틀렸다, 스펠링을 잘못 썼다 같은 부분은 물론이고, 여기에 이 단어를 배치하다니 생각이 부족하다고 대놓고 지적했다. 독자의 반응에 의존하려는 미적지근함이 있다, 그러면서 독자성이라곤 전혀 없는 것 같다는 말도.

키라 선생님은 첨삭할 때 정말 온 힘을 다했다. 때때로 칭찬받은 적도 없진 않았는데, 전체적으로 스파르타여서 중학생 때 국어 교사가 생각났다. 화를 낼 때면 "이건 목소리 볼륨을 높였을 뿐이지 화를 낸 게 아니야"라고 말하던 진짜 무서운 남자였다. 키라 선생님의 말 자체는 냉정하며 명석했는데, 태블릿 너머로 환청처럼 들리는 목소리는 크고 위엄이 있었다. 고막도 뇌수도 떨리는 강렬함이 있었다. 루마니아어는 반말과 존경어의 어미가 명확하게 다르다. 그는 존경어를 썼는데 그 어미인 ți(시)가 말이지, 중후함이 상당했다.

내가 처음 시를 쓸 때 특히 영향을 받았던 시인이 에밀 시오랑이었다. 그는 생애에 걸쳐 이 세계에 저주를 퍼부은 루마니아 출신 반철학자다. 태어난 것의 고통을 당당하게 말한 반출생주의자. 지금도 그 음울한 말을 일본어로 인용한 트위터 bot 계정에 2만 명 가까운 팔로워가 있을 정도로 시대를 초월한 음침 캐릭터. 나도 그의 저주에 깊은 영향을 받았다.

그의 저서 중 『태어났음의 불편함』이라는 멋진 제목이 있어서, 루마니아어 제목인 'Despre neajunsul de a te fi născut'를 오마주해 시에 넣었다. 이유는 그냥, 멋있으니까 해봤다.

그 시를 키라 선생님에게 보여줬더니 지금까지 들은 것 중 가장 통렬하게 비판받았다. 특히 Despre neajunsul de a te fi născut라는 말은, 시오랑의 저서에서 인용한 것을 당연히 꿰뚫어 보고 얼마나 가벼운 마음으로 시도한 오마주인지를 지적했다. 독자가 쉽게 아는 형태로 인용해서 먹히기를 바라는 작위성이 빤히 보인다, 여기에서 당신이 독자에게 품은 자만심과 미온적인 태도가 극에 달했다 등등 격렬한 비판이었다.

이런 글을 읽는데 등에서 식은땀이 줄줄 났다. 페이스북에 적힌 문자에도 관록이 깃들었다. 보라색이다. 헤이안 시대에 가장 존엄한 귀족만 입을 수 있었던 보라색이 액정에서 보였다. 그 시대의 위대한 귀족 시인에게 마구잡이로 비판받는 느낌이었다. 솔직히 이 비판은 떠올리기만 해도 얼어붙고 땀이 흐르니까 메시지나 페이스북 포스트도 다시 못 보겠다. 그 이후로 쉬운 오마주를 하지 않겠다고 다짐한 건 당연하고, 시오랑을 인용했다는 것을 단숨에 꿰뚫어 본 지성과 타협을 용납하지 않는 엄격함으로 인해 키라 선생님을 향한 경외심이 더욱 깊어졌다.

요즘은 키라 선생님이 점점 바빠져서 예전처럼 내 시를 첨삭해주진 못한다. 그래도 소설가나 시인으로서 일본어와 루마니아어를 떠돌겠다는 결의를 담은 내 시가 〈OPT motive〉라는 문예지에 실려 루마니아어 시인으로 데뷔했을 때는 축하의 메시지를 보내주었다. 키라 선생을 향한 경외심이 언제나 내 마음에 있다.

시든 소설이든 재미있는 것과 만나면 '이 사람을 내 스승으로 삼겠다!'라며 제자로 들어가려고 할 때가 자주 있다. 그럴 때는 키라 선생님에게 연락한 것처럼 일단 메시지를 보낸다. 그 인연으로 내 페이스북에는 라모나 볼디자르나 올리비아 푸티에르처럼 작품에 조언하고 용기를 주는 선배도 많다. 이 자리를 빌려 고마움을 전하고 싶다.

그래도 나를 제자로 삼고 직접 가르침을 준 사람은 키라 선생님 정도다. 열 살 이상 연하지만 유일하게 '선생님'이라고 부르는 존재다.

선생님, 앞으로도 루마니아에서 나와 나의 시를 지켜봐 줘요.

또 다른 스승은 90대 번역가

키라 선생과 함께 또 한 명의 스승이 있다. 루마니아어 번역가 스미야 하루야 씨다. 내게는 정말 신과 같은 존재다.

왜냐, 일본에는 루마니아 문학 번역자가 두 사람뿐이다. 그 두 사람이 미르체아 엘리아데, 미르체아 카르타레스쿠, 자하리아 스탄쿠 같은 루마니아 문학사에 우뚝 선 위인들의 작품을 반생에 걸쳐 일본어로 번역했다. 또 한 명의 루마니아 문학자는 나오야 아쓰시 씨다. 이 두 사람이 일본에 태어나지 않았다면, 나는 절대 루마니아 문학을 일본어로 읽을 수 없었을 것이다.

이게 얼마나 대단한 기적인지 이해가 되는가? 스미야 씨는 루마니아 문학이 정말 일본에 수용되게 한 베테랑이다. 그러니 내게는 신이나 마찬가지다.

나는 앞으로 독자 여러분에게 지금까지 스미야 씨 덕분에 겪은, 뜻밖의 행운이라 할 수밖에 없는 것을 공유하고 싶다. 그런 시도를 통해 새로운 무언가가, 일본에서 루마니아 문학이 수용되는 역사가 시작될지도 모른다고 기대하기 때문이다.

내가 '루마니아 문학자 스미야 하루야'라는 존재를 처음 의식한 것이 언제인지 돌이키면, 미르체아 카르타레스쿠의『우리가 여성을 사랑하는 이유De ce iubim femeile』를 읽었을 때다.

그때까지 루마니아 문학은 미르체아 엘리아데라는 작가만 알았다. 그는 생전에 노벨상 후보이기도 했던 유명 작가인데, 예전에는 그 작품을 읽은 적 있나 싶게 흐릿한 인상만 있어서 그가 루마니아인 작가인 것을 특별하게 인식하지 않았다. 게다가 그때는 번역가를 전혀 의식하지 않았으니까 그 책을 스미야 씨가 번역했던 것도 전혀 몰랐다. 지금 생각하면 당시 내 눈이 얼마나 옹이구멍이었는지 폭소가 나올 정도다.

그러던 어느 날, 나는 쇼라이샤 출판사에서 나온 '동유럽의 상상력東欧の想像力' 시리즈와 만났다. 고전부터 현대 작품까지,

또 체코 문학부터 루마니아 문학까지 다종다양한 동유럽 문학을 모은 시리즈다. 중심 문학사에서 동떨어진 미지로 가득한 이 시리즈를 독파하다가 동유럽 문학에 푹 빠졌다. 시리즈 최신간을 기다리던 때, 『우리가 여성을 사랑하는 이유』가 출간되었다. 당연히 잔뜩 기대하며 읽었는데, 솔직히 거의 이해하지 못했다. 줄거리도 파악하기 어렵고, '대체 이건 무슨 책이지?' 하는 의문이 계속 쫓아다니는 독서 체험이었다.

사실 이 작품은 스미야 씨가 쓴 작품 해설 쪽이 훨씬 인상 깊었다. 제1차 세계대전과 제2차 세계대전 사이에 루마니아 문학은 황금시대를 맞이했고, 전후 사회주의 정권의 부흥으로 시대의 끝을 알리며 암흑기가 도래한다.

그래도 숨 막히는 시대야말로 문학적 소양이 성장하므로, 은밀히 유통된 서방 문화, 특히 미국 문화에 영향받으며 소설이나 시를 짓던 것이 '80년 세대'라 불리는 존재이고, 그 필두가 카르타레스쿠라고 한다.

스미야 씨가 쓴 고작 다섯 페이지 해설에는 루마니아 문학의 20세기가 응축되어 있었다. 나는 이걸 읽고 '루마니아 문학사'라는 말을 처음으로 생생하게 느꼈다. 사회주의나 니콜라에 차우셰스쿠, 당시의 나는 그런 것을 전혀 이해하지 못했지만 이 책 덕분에 루마니아라는 나라를 의식하기 시작했다.

그 뒤에 나는 영화 〈경찰, 형용사〉를 만나면서 루마니아와 루마니아어에 깊은 관심을 품게 되고, 루마니아 문학을 의식적으로 읽게 된다. 예를 들어 자하리아 스탄쿠의 『맨발 Descult』이나 『집시 오두막집 Şatra』, 리비우 레브레아누의 『대지에의 기도 Ion』 같은 스미야 씨와 나오야 아쓰시 씨가 번역한 루마니아 고전 문학을 읽었다.

지금도 이런 고전들을 다시 읽는데, 몇 번을 읽어도 새로운 발견이 있다. 특히 인상 깊었던 것이 스탄쿠의 『집시 오두막집』이다. 피비린내 나는 전쟁과 가혹한 환경, 무엇보다 루마니아라는 나라 자체에 서서히 학살되는 로마[2] 무리의 모습이 더욱 가슴에 와닿았다.

독자적인 윤리관과 문화를 따르며 살아가는 로마는 유럽에서 완전한 이분자 취급받으며 차별 대상이었다. 20세기 중엽, 나치 지배하 유럽에서 차별은 최고조에 도달해 각지에서 대량 학살이 발발했다. 루마니아에서도 많은 로마가 거의 유기라고 불러야 할 강제 이주 끝에 목숨을 잃었다. 역사를 배

---

2 '인간'을 뜻하는 롬의 복수형. 집시들이 스스로 칭하는 말. — 옮긴이

우자, 이 소설이 한 로마 공동체를 통해 그런 역사적 사실을 그려냈다는 것을 확실히 알게 되어 더욱 인상 깊었다.

스탄쿠의 필력도 귀기 어렸다. 이 작품의 첫 문장은 이렇게 시작한다.

힘 족장은 다 먹었다. 술도 동났다.

묘사를 줄이고 줄여 마지막에 남은 노골적인 표현, 혹은 사실을 제시할 뿐인 이 짧고 위력적인 문장으로 『집시 오두막집』이라는 장대한 이야기는 막을 연다.

소설 쓰는 법을 알려주는 책에는 '독자의 주의를 끌기 위해 서두에 힘을 줘라!'라는 가벼운 설명이 있는데, 거기에 휘둘린 사람들이 서두를 쓰지 못하겠다며 머리를 움켜쥐는 웃긴 상황을 종종 본다. 스탄쿠는 그런 고뇌와 전혀 무관하게 당당히 사실만을 제시하며 이야기를 시작했다.

그 서두에는 노골적인 생을 끝까지 살아가려는 생명력 넘치는 로마의 모습이 새겨진다. 그러나 그들은 이후 자신들에게 증오를 가득 품은 루마니아라는 나라에 의해 멸종으로 내몰린다. 그 지점에 이르면 저 즉물적인 문체는, 노골적인 죽음이 그들을 사냥하는 모습을 그려낸다.

'힘 족장은 다 먹었다. 술도 동났다'는 지금 존재하는 생생한 생을 그리면서 동시에 황폐해지는 죽음도 예고한다. 표면상으로는 몹시 인정머리 없으면서도 실질적으로 복잡한 이 문장에 그럭저럭 소설가로 활동했던 나는 아주 깊이 감동했다.

그리고 나는 루마니아어로 소설을 쓰는 작가가 되었는데, 그로부터 몇 달 후 게오르게 사사르만이라는 루마니아 작가의 단편집 『방형의 원: 위설·도시 생성론Va prezint orasele mele fantastice』이 일본에서 번역 출판된다는 것을 알았다.

나는 완전히 흥분했다. 루마니아 문학이 일본어로 번역되는 건 몇 년에 한 번 있는 사건인 것도 한 가지 이유인데, 그 이상으로 내가 루마니아에서 작가로 데뷔하고 처음 나오는 번역서여서 감개무량했다. 그래서 흥분을 주체 못 하고 일본과 루마니아 양쪽 친구들에게 그 소식을 마구 퍼뜨렸다. 그랬더니 『방형의 원: 위설·도시 생성론』을 출판한 도쿄쇼겐샤 출판사의 편집자가 메시지를 보내왔다. 거기에는 내가 루마니아어로 작가 활동을 한다는 걸 스미야 씨가 알고 있다는, 믿을 수 없는 이야기가 적혀 있어서 경악을 넘어 멍해졌다.

너무 황송해서 그저 아연실색했던 걸 어제 일처럼 기억하고 있다.

그런데 이 경악은 더 이어진다. 또 몇 달이 지난 어느 날, 페이스북을 통해 스미야 씨의 친구 신청이 도착했을 때는 정말 뇌를 얻어맞은 듯한 충격이었다. 이렇게까지 뇌를 후려친 충격은 〈경찰, 형용사〉 이래 처음이었다.

경외감에 횡격막이 경련하는 것을 느끼며, 나는 감사 편지와도 같은 글을 써서 그에게 보냈다. 그러자 또 감사 편지와도 같은 글이 돌아왔다. 한참 연하인 인간에게도 예절과 경의를 잊지 않았다. 호흡 곤란 수준의 충격이 이번에는 마음을 따뜻하게 채우는 감동으로 바뀌었다.

게다가 메일 주소까지 알려주어서 인터넷을 통해 스미야 씨와 메일을 주고받기 시작했다. 루마니아에 관한 우리 경험을 공유하는 것은 물론이고 루마니아의 연극 문화, 루마니아어와 라틴어의 관계성 등 다양한 주제로 대화를 나눴고, 내가 2020년대 루마니아 문학이 어떤지 스미야 씨에게 알려준 적도 있다. 참, 이 풍부한 대화는 지금도 현재진행형으로 이어가는 중이다. 내가 누린다기에는 도저히 믿을 수 없는 이 행운, 여전히 꿈꾸는 것만 같다. 매일 만우절이다.

나는 1992년생, 스미야 씨는 1931년생이니까 손자와 할아버지 정도로 나이 차이가 나는데, 루마니아 문학과 루마니아 영화 이야기를 이렇게까지 나눌 수 있는 존재는 일본과 루마니아 양쪽에 다리를 걸치고 있어도 거의 없다. 게다가 일본어로 말할 수 있다니 유일무이한 경험이다.

내게 스미야 씨는 스승이라 표현하기도 두려울 정도로 위대한 인물인데, 동시에 루마니아 이야기를 일본어로 종횡무진 나눌 수 있는 친우 같은 감각도 있다.

그중에서도 잊지 못할 사건이 있는데, 루마니아 문예지 〈LiterNautica〉에 실린 『Japanese Lives Matter』라는 내 작품을 스미야 씨가 읽었을 뿐만 아니라 나에게 "보기 드문 재능에 새삼스레 감동했습니다"라는 메시지를 보내준 것이다.

내게는 너무도 과분한 찬사였다. 이 감동은 일본어는 물론이고 루마니아어로도 표현하지 못할 만큼 아름다웠고 내 안에서 언제나 반짝인다.

스미야 씨와의 만남은 분명 내 손에 버거우리만큼 멋진 만남이고, 덕분에 루마니아어 소설가로서 결의를 새롭게 다졌다.

이후로도 우리는 정기적으로 교류를 이어갔는데, 스미야

씨가 미르체아 카르타레스쿠의 가장 뛰어난 걸작으로 유명한 『노스탤지어Nostalgia』를 번역한다고 들었을 때는 대단히 흥분했다. 스미야 씨의 호의로 나는 번역 원고를 살펴보고 의견도 보낼 예정이었다.

그런데 하필 이때 몸 상태가 너무 안 좋았는데, 병원에 갔더니 난치병 장 질환인 크론병 진단을 받았다. 인생 최악의 시기였다. 설사와 복통이 심해서 한동안 자택에서 절대 안정은 물론이고 매일 약을 열 정 이상 복용해야 했고 평생 엄격하게 식사를 제한해야 한다는 말을 들었으며, 난치성 치질을 처치하려고 항문 수술을 받기까지 해서 그야말로 엎친 데 덮친 격이었다.

이러니 의견을 보낼 상태가 아니어서 스미야 씨의 위업에 전혀 공헌할 수 없었는데, 아무리 후회해도 모자란 심정이다. 그런데 그럴 때도 스미야 씨는 격려 메시지를 보내주었다. 나는 위업을 달성한 유일무이한 존재이고 앞으로도 위업을 달성할 테니까 지금은 충분히 쉬라는 것이었다. 정말 기쁠 따름이었다.

서른 살이 되기 전에 루마니아어로 책을 내겠다고 선언했을 때도 뜨거운 격려의 메시지를 받았다. "남다른 결의의 피력을 접하고 감동했습니다"라는 메시지를 받은 나야말로 이러다 죽으면 어쩌나 싶게 감동했다. 스미야 씨가 등을 밀어준 심경이다. 나는 스미야 씨의 말에 이루 헤아릴 수 없이 많은 용기를 받고 있다고, 진심으로 생각한다. 스미야 씨의 지지가 있었기에 나는 일본어로, 또 루마니아어로 소설과 시를 쓴다고 확신한다.

얼마 전, 우리 집에 책이 한 권 도착했다. 스미야 씨가 집필한 『루마니아, 루마니아 ルーマニア、ルーマニア』라는 책이다. 지금까지 스미야 씨가 번역한 루마니아 문학에 수록한 해설과 루마니아 문학사에 관한 에피소드를 모은 책이다.

즉, 여기에는 스미야 씨의 40년 이상에 걸친 루마니아 문학자로서의 인생이 담겨 있다는 소리다. 이게 얼마나 대단한지는, 루마니아 문학을 아는 사람이 아니면 절절하게 이해하지 못할 터여서 안타깝다. 나로서는 루마니아 문학사에 찬란하게 빛나는 선인의 발자취를 읽는 것과 다르지 않다. 이전에는 아예 존재하지 않았던 길을 창조하고 미래로 또 미래로 개척해가는 드문 위인의 발자취다. 그러니 감동은 이제 필연이다. 벌써 몇 번이나 읽었는데, 조금도 빛바래지 않는다. 이책을 읽으며 루마니아 문학사의 유구한 흐름을 곱씹었고, 동시에 나는 한 가지 사실과 직면했다. 내 인생과 스미야 씨의 인생이 너무도 다른 것, 즉 나와 스미야 씨가 보는 루마니아 또한 크게 다르다는 것이다.

루마니아는 국민을 억압한 사회주의 정권이 악명 높은데, 그 결과로 1989년에 발발한 루마니아 혁명이나 독재자 니콜라에 차우셰스쿠 처형을 뉴스로 본 사람도 있을지도 모른다.

그러나 내가 태어났을 때는 혁명 후니까 사회주의 정권은 이미 붕괴했고, 루마니아에 흥미를 품은 2010년대 이후는 EU에 가입해서 계획 경제에서 시장 경제로 이행하려는 시기였다.

한편 스미야 씨는 1931년생으로, 그 무렵의 루마니아는 사회주의 정권도 아니었다. 그가 루마니아에 흥미를 품은 시기는 사회주의가 한창일 때였다. 약 60년이라는 차이는 당연하게도 루마니아를 보는 시선에도 큰 차이를 가지고 온다.

2000년대 이후 루마니아는 주로 영화와 페이스북을 통해 접해서 익숙한데, 스미야 씨가 실시간으로 느낀 사회주의 한창때인 전후 시기, 나아가 그 이전의 루마니아는 솔직히 전혀 모른다. 그러니 스미야 씨가 쓴 글을 읽는 것은 내가 태어나지도 않았던 시대의 루마니아를 둘러보는 여행이기도 했다.

특히 1989년 발발한 루마니아 혁명, 이 루마니아 현대사의 분수령에 스미야 씨가 있었던 것을 알고 놀랐다. 『루마니아, 루마니아』에는 혁명에 휩쓸린 스미야 씨가 목격한 풍경을 말하는 에세이도 실려 있는데, 당시의 공기와 스미야 씨의 숨결이 전해진다.

이렇게 루마니아의 격동을 직접 목격한 스미야 씨와 지바 한구석에 틀어박힌 나. 상황이 너무 달라서 아찔할 정도였다.

그렇게 압도된 뒤, 내 시선은 자연히 책 자체를 향했다. 이 책은 표지에 노란색, 띠지에 빨간색을 사용했는데, 이건 루마니아 국기에 쓰이는 색이다. 강렬한 색채를 띤 그 책을 손에 들면 스미야 씨의 인생과 길고 긴 루마니아 문학사가 내 살과 뼈를 묵직하게 누른다. 여타의 책과는 무게의 종류가 전혀 다른 것을 내 육체, 그리고 내면의 마음으로도 느낀다.

이렇게 됐으니 나와 스미야 씨의 인생이 너무 다르다고 우울해할 여유 따위는 없다고 생각한다.

그래. 나는 스미야 씨에게서 바통을 넘겨받았다고 실감한다.

그가 쌓아온 루마니아와 일본, 아니 그 이상으로 루마니아어와 일본어의 풍부한 관계성을 더욱 진전시켜야 한다는 사명을 스미야 씨에게서 물려받은 것 같다.

아이작 뉴턴은 "나는 거인의 어깨에 올라탄 난쟁이다"라는 말을 편지에 썼다. 자신이 위업을 달성했을지도 모르나 그건 선인이 쌓아온 것의 지지가 있었기 때문이니 그 위대한 선인들 덕분에 높이 올라간 것에 불과하다는 뜻이다.

나도 정말 그렇게 느낀다. 엘리아데나 스탄쿠, 레브레아누, 사사르만, 카르타레스쿠, 이 루마니아 문학 속 거인의 어깨에 올라탄 것은 물론이고 그들을 일본에 소개한 스미야 씨와 같은 분의 넓고 넓은 어깨 위에서 나름의 상상력을 키우고 창조해왔다.

아무리 감사해도 모자라는데, 나는 일본어와 루마니아어로 계속 글을 쓰면서 이 감사한 마음을 표현하고 싶다.

여기서 끝이 아니다, 끝이 있어선 안 된다.

평생에 걸쳐 감사하기, 이것이야말로 내가 스미야 씨에게 바쳐야 하는 것이다.

지금 내 옆에는 스미야 씨가 보내준 마린 프레다라는 작가의 책 『Viaţa ca o pradă』가 있다. 이 책을 읽으며 앞으로도 엄숙하게 나만이 쓸 수 있는 글을 그저 쓰고 싶다.

일본계 루마니아어는
내가 만들겠다

나의 루마니아어, 진짜일까?

"이 단어, 조금 틀렸네."

"이 표현은 이렇게 바꾸는 게 이해하기 좋아."

루마니아어로 이것저것 쓰면 루마니아 사람들이 이렇게 댓글을 달곤 한다. 비(非)원어민으로 루마니아어를 배우면, 아무리 공부하고 써도 오류는 숙명과도 같다. 그러니 댓글을 달아 정정해주면 고마울 따름이다.

그런데 가끔 답답할 때도 있다. 이 단어나 표현을 루마니아 사람은 보통 쓰지 않는다는 의견을 볼 때다.

또 어떤 단어의 사용법을 알고 싶다, 어떤 상황일 때 이 단어를 쓰는지 알고 싶다고 페이스북에 질문했을 때, 이런 의견을 받았다. 애초에 네가 말하는 단어, 지금은 거의 쓰지 않는다, 네가 쓰려는 단어는 전부 우리의 실제 생활과는 격리된 것들뿐이다, 라나 뭐라나.

물론 루마니아에서 실제로 생활한다면 루마니아 사람이 일상에서 쓰는 단어를 써야 한다는 건 알고 있고, 뭔가 쓰는 상황에서도 관공서에 제출할 서류 같은 것이라면 올바르고 정확한 루마니아어를 쓸 필요가 있다.

내가 메신저에서 자주 쓰는 afurisit de mişto(악마적으로 쿨하다) 같은 단어를 그런 상황에서 쓰면 성품을 의심받는다.

그런데 나는 그런 '올바른' 루마니아어 같은 개념에 답답함을 느낀다.

이걸 일본어로 바꿔보자. 외국인이 말하는 일본어가 문법적으로 틀렸다거나, 일본인의 사용법과 차이가 있다고 해서 '가타코토'로 취급하고, 그들이 하는 말을 가타카나로 받아 적는 것과 겹치지 않는가.[1]

---

1   가타코토는 외국인이나 어린이가 더듬더듬 서툴게 쓰는 말이라는 뜻으로 일본에서는 외래어를 표기하거나 강조, 혹은 특별시하려는 의도가 있을 때 가타

반대로 이 '가타코토'를 귀엽게 평가하는 경향도 있는데, 그건 그것대로 칭찬하는 양 굴면서 실제로는 무시하는 데 지나지 않는다. 그러니 루마니아 사람들이 내 말을 정정하거나 사용법을 충고할 때면 당연히 기쁘면서도 미묘한 기분이 들 때가 종종 있다.

나는 외국인들이 쓰는 말에 일본어의 새로운 가능성이 있다고 느낄 때가 많아 자주 메모한다. '모든 곳 가게(대부분의 가게)'이나 '냉정적이었다(냉정했다)' 같은 말을 보면 직감적으로 틀렸다는 걸 안다. 그러나 외국인들은 일본어를 배우는 과정에서 어떤 귀결로 그 표현에 도달했을 측면도 있다. 왜 거기에 이르렀을까, 모국어의 영향일 수 있고, 혹은 일본어를 색다르게 이해한 배경이 있을 수 있다. 그런 것을 종종 생각하곤 한다.

내게 그런 말은 틀린 말이 아니다. 일본어의 한 가지 분기라고 생각한다. 외부의 작용으로 일본어가 나뉜 결과로 태어난 말이다. 그러니 나는 거기에서 새로운 가능성을 느낀다. 따라서 나는 외국인이 쓰는 틀린 말 중에서도 어감이 좋으면,

카나를 쓴다. 외국인이 쓰는 일본어는 일본어가 아니라는 뉘앙스를 내포하고 있다. ─ 옮긴이

일본인에게 "그 말, 틀리지 않았어?"라고 지적받을 것을 알면서도 일부러 그 표현을 쓰기도 한다.

게다가 이런 말과 비슷하게, 일본의 청년들도 새로운 가능성을 느끼게 하는 일본어를 만든다.

그중에서도 네가 제일 좋아하는 건 '永遠と(えいえんと, 에이엔토, 영원히)'라는 말이다. '延々と(えんえんと, 엔엔토, 끝없이)'가 어쩌다가 '永遠と'가 되었을까. 이걸 생각하면 가슴이 뛴다. 무엇보다 어감도 좋다. '에이엔토'라니, 이것만으로도 시 같다. 아마 나와 비슷하게 생각한 사람들이 이 말을 '延々と' 대신 쓰기 시작해서 서서히 퍼지지 않았을까. 그러다가 대중의 눈에 띄어 잘못된 말이라는 소리를 듣게 되었다.

나는 이런 것이 잘못된 말이나 기묘한 일본어로 배제되는 것이 아쉽다. 유보하면서 고찰하고, 올바르다고 여겨지는 일본어와 함께 공존하기를 바란다.

언제던가, 트위터에서 이런 글을 발견했다. "루마니아어에서는 '죽다'를 a muri라고 한대. 일본 오타쿠는 과하게 감동하면 '아, 무리(無理), 무리, 무리!'라고 말하는데, 그거 루마니아 사람에게는 '죽는다, 죽는다, 죽는다!'라고 말하는 것처럼 들리려나…" 이런 내용이었다.

결론부터 말하면 아마 그렇게 생각하지 않을 것이다. a muri는 '죽는 것'이라는 의미로, 영어에서 말하는 부정사 같은 단어여서 문장 안에서 그걸 그대로 사용하는 경우는 드물다. 굳이 번역하면 '죽는 것, 죽는 것, 죽는 것'처럼 될 것이다.

그렇다고 문법적으로 틀렸으니까 이건 안 된다고 잘라 낼 마음은 없다. 오히려 일본어와 루마니아어가 예상하지 못한 형태로 연결되어 새로운 뭔가가 만들어져서 감동했다.

'延々と'가 '永遠と'로 모습이 바뀐 것, 또 루마니아어로 '죽는 것'은 a muri라고 쓰는데 '무리'라는 말과 우연히 조합되어 muri muri muri라는 문자열이 일본인에게는 다른 의미를 갖추는 것, 여기에서 일본어의 새로운 가능성을 느낀다. 일본어는 아직 더 진화할 수 있다.

나는 말이란 만들어져서 거기 존재하는 이상 반드시 어떤 의미가 있다고 본다. 그러니 새로운 말에서 의미를 끌어내고 가치를 창조하기 위해서, 오로지 그 목적만으로 작품을 써도 좋다고 생각한다(그래서 이 책에는 '永遠と(영원히)'라는 말을 실제로 썼다. 알아차렸는가?).

나의 루마니아어는 앞서 언급한 두 단어처럼 보통은 틀렸다, 혹은 부자연스럽다고 여겨지는 부류일 것이다. 그래도 한

편으로는 가능성도 품었다.

아니, 내 입으로 자기 외국어에 새로운 가능성이 있다고 주장하는 건 오만함 그 이상도 그 이하도 아니지. 좀 더 겸허하게 루마니아 사람들의 충고를 듣고 공부해야 한다. 게다가 현실적으로는, 새로운 가능성으로 보일 여지가 있다는 것도 내가 루마니아어 비원어민이기에 말을 사용하는 방식이 '보통'과 달라 필연적으로 새로워 보일 수밖에 없는 소극적인 이유다.

그래도 말을 다루는 예술가라고 자부하는 이상, 그런 올바름을 보통으로 영합하는 것은 야심적이지 않아 보인다. 나는 자부심을 품고서 이것을 얼터너티브한, 또 하나의 루마니아어라고 선언하고 싶다는 마음도 있다. 적어도 이건 틀리지 않았다고.

그러나 단순히 틀리지 않았다고 주장하는 것만으로는 부족하다. 여기에는 이름이 필요하다. 또 내 생각을 하나의 개념으로 승화할 필요가 있다.

그런 내게 하늘의 계시처럼 내려온 말이 '일본계 루마니아어'였다. '사이토 뎃초의 루마니아어'도 뭐 괜찮다. 그래도 나는 이것을 좀 더 당당하고 큰 개념으로 제시하고 싶다. 그러니까 '일본계 루마니아어'다. 하지만 일본계 루마니아어를 만들어가기 전에 해야 할 일이 있다. 이 말을 루마니아어로 번역하는 것이다.

이 힌트는 Centrului de Studii Româno-Japoneze "Angela Hondru"라는 시설에서 얻었다. 번역하면 '안젤라 혼드루 루마니아 일본 연구 센터'일까. 안젤라 혼드루는 루마니아에서 가장 유명한 일본 문화 연구자이자 일본 문학 번역가다. 무라카미 하루키, 미시마 유키오, 엔치 후미코, 오카모토 기도의 작품도 루마니아어로 번역했고, 최근은 미야모토 데루의 『봄의 꿈春の夢』을 새롭게 번역해 강연 같은 활동도 열정적으로 한다. 그런 위대한 인물의 이름이 붙은 일본 문화 연구소의 중심지가 이 안젤라 혼드루 루마니아 일본 연구 센터다.

내 친구들도 여기에 여럿 재적하고, 이곳에서 내는 일본과 관련한 루마니아어 기사는 내가 일본을 재발견하는 연결고리로서 도움 된다. 그래서 예전부터 이 시설을 알고는 있었는데, '일본계 루마니아어'의 번역을 생각할 때 문득 눈에 들어왔다.

시설 이름인 Româno-Japoneze라는 부분. 이걸 봤을 때, 정말 영감이 번뜩였다. 내게 찾아온 "유레카!"였다.

이것에 관해서는 이야기가 조금 복잡해지더라도 내 안에서 말이 폭발한 그 순간을 설명하고 싶다. Româno-Japoneze가 내 머릿속에서 어떤 변화를 거쳐 '일본계 루마니아어'를 가리키는 루마니아어에 도달했는가. 잡지 〈파퓰러 사이언스〉에서 과학자가 "이제부터 수식을 조금 거론해야 해서 난해해지겠지만, 조금만 참고 읽어주시기를" 같은 말이 나오지 않는가. 나도 그걸 해보고 싶다!

자, Româno-Japoneze는 '루마니아의'와 '일본의'라는 형용사를 조합한 합성어다. 직역하면 '루마니아와 일본의'다. 두 가지 형용사를 합성할 때, 앞에 오는 형용사 즉 Română는 'o'가 붙어서 Româno가 되어 불변 형용사가 된다.

루마니아어의 형용사는 수식하는 말의 성에 따라 어미가 변화하는데, 여기에서는 뒤에 오는 형용사만 변화한다. 그래서 Japoneze는 원래 japonez인데 수식되는 Studii가 여성형 복수여서 japonez가 여성형 복수 Japoneze가 된다. 참고로 단어가 전부 대문자로 시작하는 이유는 시설명인 고유명사이기 때문이다.

이제 '일본계 루마니아어'라는 말을 여기에서부터 만들어보자.

Româno-Japoneze의 기본형은 소문자 româno-japonez 인데, 이러면 당연히 '루마니아계 일본~'이 되므로 배치를 바꿔 japonezo-român로 한다.

이걸 '~어'라는 뜻인 명사 limbă에 붙이는데, 아까 말한 형용사의 어미 변화를 따지면 limbă japonezo-română가 된다. 또 언어명은 명사의 어미에 정관사를 붙이고, 또 루마니아어 정관사는 어미에 붙으니까 최종적으로 '일본계 루마니아어'는 limba japonezo-română가 된다.

이걸로 완성! '일본계 루마니아어'는 'limba japonezo-română'다!

이 단어가 나타났을 때, 물론 다양한 감정이 솟구쳤는데 거기에 과하게 집착하고 유난스럽게 드러내고 싶진 않았다. 나는 자연스레 이 말을 제목에 단 시를 일본어와 루마니아어로 썼다. 이렇게 쓴 시는 히키코모리인 내가 루마니아어로, 아니 일본계 루마니아어로 시를 쓰겠다는 선언이었다. 이거야말로 새로운 시작이다.

그 시, 「선언 '일본계 루마니아어'」는 나의 note에서 읽을 수 있으니 궁금하신 분은 한번 읽어봐주시길.

슬픈 ASIAN BOY

Fă harakiri!

이 루마니아어, 설명하지 않아도 일본인이라면 의미를 알 것이다.

"할복해라!"라는 의미다.[2]

루마니아에서 일본인, 아시아인으로 활동하면 피할 수 없는 것이 인종차별이다. 나는 루마니아에 살지 않고 간 적도 없다. 그들과의 관계는 오로지 인터넷 한정이다. 그런데 얼굴에 똥을 맞는 듯한 인종차별을 당할 때가 있다.

'Fă harakiri!'가 좋은 예시다. 이 말을 들었을 때, 갑작스럽게 받은 공격에 대한 방어반응처럼 나도 인종차별을 당할 정도로 유명해졌다는 감개가 솟구쳤다.

지금 생각해도 정말 비꼴 의도가 아니라 조금은 감탄하게 된다.

아마 harakiri는 알아도 Fă가 무슨 뜻인지 몰라서 궁금할

---

2 할복(腹切り)의 발음이 '하라키리'다. — 옮긴이

것이다. 이것은 동사 a face(~을 하다)의 이인칭 단수 명령형이다. 즉 '~해라!'라는 뜻이다.

그러니 'Fă harakiri!'를 그대로 번역하면 "할복해라!"다. 즉, 이 자식은 harakiri라는 일본어 단어가 동사가 아니라 명사인 걸 이해하고서 단순히 'Harakiri!'라고 말하면 "할복!"이라고 행위의 이름을 외칠 뿐인 것을 알고 있었다. 그러니까 이 단어에 '~을 하다'라는 의미인 a face를 붙였다.

이 차별주의자는 그런 이유로 'Fă harakiri!'라고 말했다. 분석해보면 나에게 경의라곤 눈곱만큼도 없었지만 적어도 '腹切り'라는 일본어 단어를 이해한 점에서 조금 감탄했다. 제법 머리가 좋잖아?

나는 남에게 욕을 먹으며 그 욕의 품사를 분해하는 버릇이 있는데, 이건 루마니아의 반철학자 시오랑에게 배웠다. 물론 욕을 먹은 상황에서 그건 인종차별적이라고 지적하는 것도 중요한데, 이렇게 품사 분해하면 뜻밖에도 진정하게 되는 효과가 있다.

그러고 보니 이런 일도 있었다. 2년 전에 〈LEVIATHAN〉이라는 잡지에 작품을 연재해달라는 의뢰가 왔다. 이런 경험은 처음이라 꽤 들떠서 일을 받았다.

루마니아인 주인공이 혼수상태에 빠진 일본인 연인에게 말을 거는 구성으로 아주 짧은 이야기를 한 편씩 쓰는 연재였다. 주제는 일본과 루마니아의 문화적 차이. 제일 먼저 여우 사냥에 관해서 쓴 기억이 있다. 짧은 이야기지만 기합을 잔뜩 넣어서 썼던 것은 확실하다.

그런데 한번은 그 편집자가 내게 이런 걸 물었다.

"당신의 루마니아어는 진짜?"

솔직히 이 질문에는 낭패했고, 뭐라고 대답하면 좋을지 고민했다.

고민한 끝에 쓴 대답은 이랬다. 분명 내가 쓴 글을 친구에게 첨삭해달라고 부탁하니까 그런 의미에서 진짜는 아닐지도 모른다, 그러나 내가 이 문장을 쓰는 것은 분명하다고.

그랬더니 아무 설명도 없이 "아쉽지만 더는 연재를 실을 수 없습니다"라며 일방적으로 연재가 중단되었다. 고작 세 편인가 네 편 썼는데. 그러니까 그 녀석이 하고 싶었던 말은 일본인이 쓰는 루마니아어는 '진짜가 아니다'겠지. 나는 '사기 치는 놈'인 것이다.

이 사건이나 앞에서 말한 pizdă 사건처럼, 루마니아에 살지도 않는데도 제법 강렬한 인종차별을 당하곤 한다. 우연한

순간에 나란 존재가 루마니아, 나아가 루마니아어에서 완전한 이분자이자 차별의 대상인 걸 알게 된다.

갑자기 이야기가 바뀌는데, 지금 나는 〈아바타로전대 돈브라더즈暴太郎戦隊ドンブラザーズ〉라는 드라마의 오프닝 노래를 듣고 있다. 스타일리쉬하고 멋지다. 또 〈기계전대 젠카이저機界戦隊ゼンカイジャー〉의 오프닝 노래도 듣는데, 이건 반대로 피가 들끓어서 적극적인 기분이 든다.

나는 이렇게 뭔가 쓸 때, 내 기분을 끌어올리려고 음악을 듣는 인간이다. 이 밖에도 집필 중인 내 뇌를 표현해주는 것 같은 Animals as Leaders나 여유가 생기면 Zimbru나 Soa Zadar 같은 루마니아 인디 음악, 또 갑자기 흥미가 생긴 ABBA를 번갈아 듣는다.

그래도 제일 많이 듣는 가수가 있는데, 나는 일본 음악 중에서도 1990년대 록을 좋아하고 그중에서도 THE YELLOW MONKEY라는 밴드를 좋아한다. 같은 세대 중에 이 밴드의 노래를 듣는 사람이 있을지 모르겠는데, 고등학생 때 「PUNCH DRUNKARD」와 「8」을 듣고 충격받은 뒤로 계속 듣는다.

지금은 THE YELLOW MONKEY라는 밴드명에 특별하게 친밀감을 느낀다. 이건 유럽이나 미국의 백인들이 일본을 비롯한 아시아 사람을 무시할 때 쓰는 차별어인데, 일본에서 나아가 전 세계로 자신의 예술을 내보내면서 차별하는 단어를 오히려 자긍심으로 삼아 자기 것으로 끌어안는 기개와 용기, 그 자세가 마치 나의 등을 힘차게 밀어주는 듯한 충격을 느낀다.

그들의 대표곡 중 하나가 「슬픈 ASIAN BOY悲しき ASIAN BOY」다. 가사를 들어 보면 1990년대의 나쁜 습관이라고 해야 하나, 제2차 세계대전과 일본 병사 같은 것을 낭만화하니까 그 가치관은 칭찬할 수 없다. 그러나 그런 위험성을 초월해 일본인이라는 정체성과 백인문화의 특권이라고 느끼는 록 사이에서 찢겨 나가는 마음을 통절하게 이해한다.

무엇보다 '슬픈 ASIAN BOY'는 루마니아어에서 내 입지 아닌가, 듣다 보면 정말 눈물이 날 것 같다. 나도 모르게 주먹을 움켜쥔다.

이 주먹이 풀렸을 때, 나는 자연스럽게 태블릿을 잡는다.

다양한 감정이 포개진 끝에 시라는 녀석이 태어날 것이다. 부정적인 감정을 작품으로 승화해서 이런 차별주의자들을 내 예술, 또 예술이 만들어내는 명예의 일부로 삼는 것은 나에게 또 다른 성취감을 준다.

차별주의자 여러분, 고맙습니다.

논바이너리한 언어

논바이너리라는 개념이 있다. 이 사회는 인간에게 젠더를 강요하는데, 당연히 여기에 적응하지 못하는 사람이나 반항하는 사람이 있다. 그중에서도 남성·여성이라는 이분법 자체에 적응하지 못하는 사람들이 있는데, 그런 사람들이 논바이너리라고 불린다. 아니, 스스로 그렇게 부른다.

그런 정체성을 지닌 사람들이 이제야 여기 살고 있다고 목소리를 낼 수 있게 되고, 그 목소리가 세상에 들리는 상황이 만들어진 것은 좋다. 그러나 아직 사회는 그런 사람들에게 아주 혹독하다.

나 자신은 시스젠더 남성, 즉 사회에서 남성이라는 성을 강요받아도 생활에 지장이 없다. 물론 이렇게 간단히 말할 수는 없겠지만, 아무튼 남성이라고 여겨져도 딱히 상관없다고 생각하는 존재다. 이렇게 삶에 어려움을 느끼지 않는 것은 특권이겠지.

　나는 다수에 속하는 존재이므로 논바이너리를 포함해 성에 관해 살면서 어려움을 느끼는 사람들을 도울 필요가 있고, 그 과정에서 배워갈 필요가 있다고 믿는다.

　다만 이해가 부족한 우리에게 논바이너리가 매번 "우리는 이런 존재이고…" 하고 몇 번이나 설명하다가 결국 지치는 것은 쉽게 상상할 수 있다. 그러니 논바이너리인 사람이 인터넷에 글을 남기거나 책을 출판한다면, 남이 시키지 않아도 스스로 찾아서 읽고 배우고 널리 알릴 의무가 있다고 생각한다.

　그때 에리스 영의 『논바이너리를 이해하는 책 he도 she도 아닌 they$^{They/Them/Their}$』라는 책을 읽었다. 논바이너리 당사자인 저자가 자기 경험과 조사를 바탕으로 역사, 심신의 건강, 인간관계, 법률 등 폭넓은 주제를 다룬 책이다. 일본의 논바이너리 당사자는 물론이고 논바이너리를 알고 싶은 사람들에게도 입문서가 될 책이다.

　이 책에서 내가 특히 주목한 점이 있다. 저자가 소설가이기도 한 탓인지 이 책에는 he로도 she로도 불리기 싫은 사람을 지칭할 때 쓰는 삼인칭 단수 they를 필두로, 기타 논바이너리를 둘러싼 언어에 관한 설명이 여기저기에서 보인다.

'말은 인간의 사고를 규정한다'는 이론이 있는데, 역시 인간에게 말이란 그 정도로 중요하다. 이 책은 말을 통찰해 새로운 사고의 문을 열어주는 의미에서 대단하다. 특히 논바이너리 당사자에게는 언어의 바이너리적으로 막힌 상태를 돌파하기 위한 책이 되지 않을까.

이른바 퀴어 이론이라는 학문은 사회에 만연한 성에 근거한 차별의 존재, 때때로 세계에 도사린 무한한 가능성을 가르쳐준다.

이런 말이 있는지는 모르는데, 이 책에는 '퀴어 언어학'이 표현되었다고 생각한다. 언어를 퀴어화한 문장을 읽다 보면 말에 고착된 머리가 해방되는 것처럼 각성하는 감각이 있다. 나에게 퀴어 언어학은 새로운 언어가 만들어지는 최전선이다. 그러니 계속 배우고 싶다.

그래서 이 책에 촉발되어서 지금 나는 언어의 논바이너리 표현을 적극적으로 조사하는 중이다. 일본어는 일인칭이 다양한데, 여기에 젠더가 밀접하게 연결된다.

예를 들어 일본어에서 '오레(俺)'라는 일인칭은 남자답고 '아타시(アタシ)'는 여자다운 느낌이다. '와타시(わたし·私)'는 따지면 젠더리스한 느낌으로 쓰이는데, 세상만사 그렇게 간

단하지 않다. 삼인칭도 '카레(彼, 그)'와 '카노죠(彼女, 그녀)'로 완전히 성 구분되었고, 영어의 they가 존재하지 않는 것도 어려운 점이다.

이런 관점에서 루마니아어를 살펴보자. 루마니아어에는 일인칭은 eu뿐이므로 이 점은 일본어보다 편하지 않을까.

그런데 유난히 엄격한 측면이 있다. 루마니아어의 명사에는 남성·중성·여성형이 존재하며 형용사도 성별에 따라 형태가 바뀌어서 젠더로 꽁꽁 얽매였다.

이 곤란함의 예를 조금 들어보겠다. 예를 들어 루마니아어로 '친구'를 표현하면 이렇게 된다.

prieten(남성인 친구)
prietenă(여성인 친구)
prieteni(남성인 친구들)
prietene(여성인 친구들)

단어가 이렇게 변화한다. 또 양쪽이 섞인 친구 무리를 가리킬 때는 prieteni라는 남성형 복수를 쓴다. 이건 남성과 여성 비율이 1 대 99여도 그렇다. 여기에선 여성이 완전히 말소되는 것은 물론이고, 이런 상황에 논바이너리 사람들이 끼어들여지도 존재하지 않는다.

그렇다면 루마니아어의 논바이너리 표현에 관해 이야기해보자.

만약 친구 모두에게 말하고 싶을 때, 루마니아 사람은 기본적으로 Dragi prieteni!(친애하는 친구들!)라는 남성형 복수를 쓴다. 이걸 Dragx prietenx!라는 표현으로 바꾸면, 즉 어미를 'x'로 바꾸면 논바이너리 표현이 된다.

다만 논바이너리 표현은 루마니아에 그렇게 침투되지 않은 것 같다. 사용되는 공간은 대부분 페이스북이고, 논바이너리 당사자나 퀴어한 사람들을 서포트하는 단체, 또 그 개념에 공명하는 젊은 사람 정도가 쓴다.

이 문제를 다른 나라와 비교할 순 없지만, 루마니아에 한해서는 성별 규범이 매우 강렬하다는 걸 항상 느낀다. 특히 형용사의 성별은 그 성에 맞추지 않으면 매섭게 주의받는다.

예를 들어 남성에게 "너 재미있다"라고 말할 때 Eşti amuzantă라고 여성 어미 형용사를 쓰면, 분명 즉각적으로 Eşti amuzant라는 남성 어미로 고치라고 할 것이다. 또 친구가 키우는 수컷 잉꼬를 보고 E drăgălaşă!(귀여워!)라고 여성 어미를 써도 즉시 수정된다. 이런 실수를 범하면 "친한 사이라도 예의라는 게 있어"라며 갑작스럽게 분위기가 싸해지니까 열심히 신경 쓴다.

이러니 논바이너리 같은 성적으로 다양한 가치관에 대한 반감도 뿌리 깊다. 내가 방금 언급한 dragx prietenx 혹은 여기에 '루마니아의'라는 형용사도 붙은 dragx românx prietenx라는 표현을 쓰면 "그거 틀렸어"나 "루마니아어를 잘하고 싶으면 그런 단어는 그만 써"라는 말을 듣는다.

그래도 나는 이걸 때때로 쓰려고 하는데, 그때마다 계속해서 불평을 듣는다. 외국인인 내가 쓰니까 주의받는 면도 있겠지만, 아무튼 이 'x'가 시민권을 얻지 못하고 '루마니아어에 혼란을 야기한다'와 같은 시선으로 보이는 상황을 상상하기 어렵지 않다.

그래도 역시 나는 이걸 쓰고 싶다.

설명한 대로 루마니아어는 언어적인 성 규범이 딱딱하게 굳어서 이 언어로 살아가야 하는 논바이너리 사람들의 심경이 어떨지 짐작하고도 남는다.

그래도 살아가기 위해서 사람들은 새로운 언어를, 루마니아라면 'x'를 만들어냈다.

그 용기에 경의를 표하고 싶다.

사전과 구보 다이토

사전 찾기 대회를 아십니까?

초등학생 때 종종 하던 건데, 주제로 나온 일본어 단어를 사전에서 찾아 정의를 종이에 적기까지 걸리는 시간을 재는 대회다. 나도 초등학생 때 이 대회에 나갔다. 아, 당연히 학교 도서실에서 연 소규모 대회였는데, 엄청난 속도로 사전을 찾던 기억이 난다.

사전에 품은 애착은 어학 오타쿠가 된 지금, 더욱 커졌다. 그걸 상징하는 것이 DEX.RO라는 루마니아어 사전이다.

이건 온라인 최대 루마니아어 사전이다. 좀 더 정확히 말하면, 한 가지 단어를 루마니아에 존재하는 모든 사전에서 어떻게 설명하는지 설명문을 집약한 거대 데이터베이스다. 그러니 루마니아어로 글을 쓰는 인간 중 여기 신세를 지지 않는 사람이 없다.

나도 열심히 신세를 지는 인간 중 하나로, 여기를 참고해서 단어의 뜻이나 해석을 확인하는 것은 당연하고, 동사 활용이나 명사 변화 등을 집요할 정도로 많이 확인한다.

그러니 글을 쓸 때는 반드시 참조하는 온라인 사전으로, 지금까지 몇백 번을 검색했는지 셀 수 없을 정도다. 아마 죽을 때까지 신세를 지겠지.

게다가 유의어 사전의 문장도 망라하니까 표현이 틀리지 않았으나 미학적으로 만족하지 못하거나 받아들일 수 없을 때는 이 항목을 참조한다. 더 멋있거나 더 난해한 표현을 써서 괜히 발돋움하고 싶을 때가 있지 않나. 그런 중2다운 마음이 울부짖을 때 기댈 수 있는 아군이 이 DEX.RO이다.

나에게 사전은 중요하다. 나는 수없이 사전으로 돌아온다. 사전을 꾸준히 찾는 태도는 그 언어에 대한 경의이자 어학이라는 행위에 불가결한 지식에 품은 겸허함으로 이어지니까. 원래 나는 한자를 좋아해서 장래 희망이 '한자 박사'였기도 해서 그런 흐름으로 사전을 찾는 것이 절대적 필연이었다.

초등학생 때 이후로 사전과 관련해서 인상적이었던 것이 『블리치』려나, 만화 말이다.

아마 중1 때 만났을 거다. 서점을 구경하다가 어떤 만화의 표지가 눈에 들어왔다. 오싹하게 사악한 미소를 지은 남자를 그린 표지였다. 그거에 전기 충격 정도의 충격을 받아서 사버렸다. 자라키 겐파치라는 캐릭터가 표지인 『블리치』 13권이었다.

그때부터 『블리치』가 내뿜는 멋짐에 완전 녹다운되었다. 이야기도 작화도 멋진 것은 당연하고, 단행본 서두에 늘 멋진 시가 실리는데 인상 깊은 것이 많았다. 내가 시와 접한 경험은 국어 교과서에 실린 다니카와 슌타로나 데라야마 슈지보다 『블리치』가 먼저였다.

그런데 이런 종류의 작품, 연재 당시에는 '오사레'라는 인터넷 용어를 쓰며 대놓고 욕을 먹었다.[3] 삐뚤어지게 살았던 중학생인 나도 덩달아 무시했다.

그래도 나는 사실 그런 멋짐에 끌렸다. 게다가 진짜인지 아닌지 모르겠는데 작가인 구보 다이토가 한가할 때 사전을 찾으며 이런 시나 만화에 나오는 기술을 펼칠 때 외치는 말을 생각한다는 걸 알고, 나도 집에 있는 사전으로 흉내 내보기도 했다.

---

[3] 오사레는 '세련되다'라는 뜻인 '오샤레(おしゃれ)'를 변형한 말로, 단순히 세련되었다는 의미를 넘어 창작자 등 본인은 멋지다고 생각해서 했겠지만 주변에서 보기에는 과해서 딱하다는 뉘앙스가 담겼다. — 옮긴이

내 관심사가 만화에서 영화로 넘어가면서 안 하게 됐지만, 이렇게 문학으로 다시 돌아와 루마니어로 소설을 쓰게 되기에 이르자 심심할 때면 적당히 사전을 읽는 습관이 부활했다. 지금은 휴대성 좋은 이와나미 국어사전 제3판과 신메카이 고어사전 제2판 두 개를 보며 괜찮은 단어가 있으면 독서 노트에 적어놓기도 한다.

그런데 신경 쓰이는 게 하나 있다. 아까 단행본 서두에 시가 실렸다고 했는데, 시와 만난 첫 경험이 『블리치』에 실린 시인 사람, 도대체 얼마나 있을까?

내 세대, 그러니까 20대 후반부터 30대 초반 정도 중에는 그런 사람, 틀림없이 많지 않을까? 최소한 나는 그랬다. 구보 다이토에게 영향을 받아서, 평생 했던 것은 아니지만 문득문득 사전을 찾아 읽었고, 그 결과로 글을 쓰고 있다.

그러다가 마침내 루마니어 소설가로서도 시인으로서도 조금은 인정받게 되었다. 이렇게 보면 나는 『블리치』와 구보 다이토에게 대단히 영향을 받은 것이고, 그게 정말 자랑스럽다. 누군가는 디킨스나 아폴리네르 같은 작가에게 영향을 받는 것처럼 나는 구보 다이토에게 영향을 받은 거다.

나를 '블리치 세대' 시인이라고 말하고 싶은 정도다.

게다가 시는 물론이고 본편에 나오는 스페인어나 독일어에 흥미를 품어 외국어를 배우기 시작한 사람도 꽤 있지 않을까? 이런 쪽으로 내게 직접 영향을 준 것은 『죠죠의 기묘한 모험』이지만, 무의식적으로 『블리치』에도 영향을 받았을지도 모른다.

나와 같은 세대이면서 외국어로 시를 쓰는 일본어 원어민 시인, 어디 또 없을까?

나와 같이 '블리치 세대'라고 주장합시다.

사전에 품은 애증

그런데 최근 일본어와 루마니아어의 세계에 점점 깊이 잠행하면서 사전이 지닌 불온한 무언가에 자연스럽게 시선이 간다.

그걸 조금씩 언어로 표현할 수 있게 된 것은 야스다 도시아키의 『오쓰키 후미히코 '언해' 사전과 일본 근대^{大槻文彦《言海》辞書と日本の近代}』나 『사전의 정치학^{辞書の政治学}』이라는 책을 읽은 뒤부터다.

지금까지 말한 대로 나는 사전을 읽고 찾는 것을 정말 좋아한다. 그런 한편으로 수상한 냄새를 맡는 순간이 있다. 이게 뭔지 잘 설명하지 못했는데 그럴 때 『오쓰키 후미히코 '언해' 사전과 일본 근대』를 읽었고, 이 책이 내가 느낀 수상한 냄새를 '언해'라는 사전으로 풀어주었다.

일본이 세계에 문을 열면서 문화나 개념, 또 언어가 무섭도록 유입되자 일본어의 입지는 흔들리게 된다. 그 상황을 타개하고 일본어가 다른 언어와 같은 반석을 획득하기 위해 사전 편찬은 필연이었다. 그러려면 보통어란 무엇인가? 순수한 국어란 무엇인가? 무엇보다 일본어란 무엇인가? 하는 의문에 직면하게 되는데, 여기에는 불가피하게 내셔널리즘이란 놈이 접속된다.

또 완성된 사전에는 필연적으로 권력성이 깃들게 된다. 이렇게 사전 편찬의 과정은 내셔널리즘의 형성과 밀접하게 관련되었다는 것을 야스다 도시아키의 저서를 읽으며 알았다.

사전은 배라는 비유가 있다. 그러나 그때 표현되는 배는 보통 자그마한 배다. 그런데 내 머릿속에 떠오르는 것은 다르다. 작은 배가 아니라 거대한 전함이다. 일본어로 간주하지 않는 것을, 때로는 다른 언어를 배척하는 전쟁 도구다. 게다가 이런 전함이라서 깊이 매료되는 사람들이 있다. 사전도 바로 그런 느낌이어서, 내가 매료된 사람 중 하나다.

나는 이 두 권의 책을 읽으면서 사전에 품은 애정이라고 해야 할 무언가를 언어화했고, 사전에 대치해야 하는 상황으로 나 자신을 마구 몰아붙였다. 이것은 언어를 다루는 예술가로서 윤리적 책임이었다.

나는 몇 번이고 사전으로 되돌아갈 필요성을 느끼는데 그와 동시에 사전의 노예가 되지 않고 사전을 뛰어넘는 기개가 필요하다고 생각한다. 늘 비판적으로 사전을 대하라는 것은 야스다 도시아키도 한 말이다. 나는 그 말을 마음과 뼈에 깊이 새겼다.

일본어 사전만이 아니라 루마니아어 사전에도 이런 자세로 대치해야 할 것이다. 지금까지 DEX.RO에 품은 애착을 열심히 늘어놓았는데, 그런 지점에서 머물 수는 없다.

그걸 어떤 의미에서 극복하려고 했던 시기를 기억한다. 내가 루마니아어 시인으로 데뷔한 이후, 라모나 볼디자르라는 시인과 창작과 일본에 관한 인터뷰를 한 적이 있다. 그녀에게는 그 전부터 시 창작을 위해 도움을 받았다. 인터뷰에서 그녀는 일본의 성차별 현상을 질문했다.

이때 나는 루마니아어의 어떤 단어가 일본의 성차별 현상을 형용하기에 적합하다고 생각했는데, 이때 내 해석은 DEX.RO와는 달랐다.

내 머릿속에 떠오른 단어는 a zădărnici라는 동사였다. DEX.RO에서는 A face să nu se realizeze ceva; a pune piedici la ceva; a dejuca un plan, o uneltire etc라고 설명한다. '어떤 것이 실현되지 않게 하다'나 '어떤 계획을 미리 제지한다'라는 의미의 단어다. 그런데 일본어 교재, 또 루마니아어 문장으로 이 단어와 파생어를 살펴보면서 내 해석이 달라졌다.

나는 이 단어에서 '없었던 것으로 하다'라는 의미를 느꼈다. 애초에 이 단어의 명사형 zadar는 '허무'나 '무의미'라는 의미니까 동사가 되면서 비약하는 의미에 어색함을 느꼈다. 그런 흐름에서 내게는 '없었던 것으로 하다'나 '애초에 존재하지 않는 것으로 다룬다'라는 의미가 더 적절하게 다가왔다.

이건 그야말로 일본 내 차별의 핵심이다. 내가 보기에 유럽과 비교해서 직접적인 폭력이나 차별을 공공연하게 하는 사람은 적은 것 같다. 루마니아의 동성애자 차별이나 미국의 아시아인 대상 증오 범죄를 보면 말이다.

대신 무슨 일이 벌어지는가, 다수는 소수가 없는 것처럼 대한다. 일본에 동성애자는 존재하지 않는다, 외국인은 존재하지 않는다(이건 '백인 이외의 외국인'이라고 말해야 할까), 장애인은 존재하지 않는다, 여성은 존재하지 않는다는 식으로. 그렇게 그들은 zădărnicit한 존재, 즉 '존재하지 않는 것'으로 내몰린다. 다수자로 산다면 존재를 인정받지만, 그건 자신의 정체성을 스스로 억압해야 한다는 의미다. 이 괴로움은 효력이 느리게 나타나는 독으로 기능한다.

이렇게 생각해서 내 머릿속에는 a zădărnici라는 단어가 떠오른 것인데, 이상하게 이 단어에 집착을 느꼈다. 나는 라모나에게 이걸 루마니아어로 어떻게든 설명했다.

나는 언어를 다루는 예술가로서 사전으로 되돌아갈 필요성이 있다. 그래도 때로는 사전을 극복하는 것도 필요하다. 사전과 내 사이에는 늘 긴장감이 있다. 그걸 잊으면 안 된다.

태생적 번역

나는 일본어 원어민이고 지금도 일본에 사는데, 어째서인지 루마니아어로 소설과 시를 쓴다. 그래도 나는 이걸 순수하게 '집필'이라고 형용해도 되는지 모르겠다.

솔직히 말해서 소설이든 시든 먼저 일본어로 플롯을 쓰고 그걸 보며 일본어로 본문을 쓴다. 그런 다음에 루마니아어로 번역해서 작품을 완성하는 흐름이다. 그러니 '집필'이라지만 상당한 부분이 '번역'에 가깝다.

내가 하는 일은 '집필'일까 '번역'일까, 혹은 내가 하는 일을 어떤 말로 형용하면 좋을까, 이런 의문이 늘 따라온다.

이 문제에 관해 내게 큰 가르침을 준 책이 레베카 L. 발코비츠의 『태생적 번역: 세계 문학 시대의 현대 소설Born translated : the contemporary novel in an age of world literature』이었다.

이 책의 흥미로운 점은, 세계 문학이라는 개념을 부르짖는 시대에 번역을 예측하고 썼거나 미리 번역을 포함하고서 집필한 소설을 주제로 연구한 점이다. 존 쿳시, 가즈오 이시구로, 줌파 라히리 같은 작가를 거론하고 그들의 작품은 '태생적 번역'이라고 부른다. 이것이 세계 문학이라는 시스템을 어떻게 이용하고 어떻게 확산하는지를 설명한다.

이 '태생적 번역'이라는 개념이 내게 아주 흥미롭게 보였다. 어쩌면 나도 이걸 하는 거 아닐까? 다만 다른 작가들이

'태생적 번역'이라도 실제로 종류가 다양한 것처럼 내 상황도 복잡하다.

이 책에서는 크게 두 가지 유형의 '태생적 번역'을 소개한다. 먼저 언어에서 언어로 번역되는 것 자체가 집필에 포함되는 것, 즉 번역을 거쳐 완성되는 작품이다. 또 하나는 집필할 때 번역이 직접 관련되지 않아도 유통할 때 번역될 것을 전제로 쓰는 작품이다.

나의 경우 루마니아어 버전의 작품은 루마니아 문예지에 실리지만 일본어 버전은 어느 문예지에도 실리지 않는다.

그러니까 내 작품은 일본에서 볕을 못 받지만 루마니아 문예지에는 실린다. 그런 의미에서 '유통할 때 루마니아어로 번역되는 것을 전제로 쓰는' 글이다.

그래도 그 번역을 하는 사람이 번역가가 아니라 나다. 어떤 의미로는 '일본어에서 루마니아어로 번역하는 것 자체가 집필에 포함되는 것'이기도 하다.

그런데 예외적으로 내 작품은 일본어에서 루마니아어, 즉 마이너 언어에서 마이너 언어로 작품이 비약한다. 이 과정에서 세계 문학의 패권 언어인 영어가 일절 개입하지 않는다.

이런 기묘한 집필 활동을 하다 보니 일본어로 소설을 쓸 때도 내 머릿속에는 이 문장을 루마니아어로는 어떻게 쓸지를 정하면서 쓰게 된다.

소설이나 시뿐 아니라 영화 비평이나 이런 에세이, 트위터의 짧은 글, 라인 메시지까지 전부 그렇다. 이제 일본어는 루마니아어를 위한 토대, 혹은 루마니아어의 살을 담기 위한 외골격이라는 감각이다. 일본어는 모국어니까 제일 쉽게 기반으로 삼을 수 있다.

그렇지만 번역을 위해 쓴 일본어니까 루마니아어로 번역하기 쉬운가 하면, 그런 건 또 전혀 아니다. 일본어와 루마니아어의 거대한 차이 때문에 이리저리 흔들린다.

예를 들어 일본어로 문장을 쓸 때, 나는 한 문장 한 문장을 짧게 쓴다. 한편 루마니아어로는 길게 쓴다.

일본어는 문장을 금붕어 똥처럼 아주아주 길게 늘일 수 있으니까 짧게 하는 편이 멋있어 보인다. 반대로 루마니아어는 문장이 짧으면 어린이가 더듬더듬 말하는 것처럼 들린다. 어느 정도 길지 않으면 유치해지니까 자연스레 문장이 길어진다. 즉, 감각이나 미학에 따라 언어별로 문장을 나눠 쓴다.

이런 이유로 나는 머릿속으로 정해둔 '루마니아어로 바꾸기 쉬운 일본어'를 실제 루마니아어로 바꿔가는 과정에서 하나하나 배신한다. 정한 것과 실천에는 늘 오차가 존재하는데, 그건 번역할 때만 알 수 있다.

내가 쓴 루마니아어 문장으로 예시를 들어보겠다.

În timp ce corpul a început să-i tremure încet, Miyu a continuat să sugă spaghetele cu vongole și vin alb, pregătite de Ando, care știa foarte bine cum să folosească vinul în bucătărie, în combinație cu diverse mâncăruri.

이건 다음 문장을 루마니아어로 번역한 것이다.

온몸을 희미하게 떨기 시작하면서 미유는 계속 봉골레 비앙코를 먹었다. 안도가 만든 것이다. 그는 요리할 때 와인을 어떻게 넣으면 되는지 숙지했고, 특히 조개류와 와인을 쓰는 솜씨가 절품이다.

앞서 언급한 대로 이 일본어 문장은 '태생적 번역'이란 느낌으로 루마니아어의 영향을 받으므로 좀 이상할 수 있다. 그점은 양해를 구한다. 아무튼 루마니아어를 몰라도 쉼표를 보며 비교하면, 루마니아어로는 한 문장인데 일본어는 세 문장으로 구성된 걸 알 수 있다. 만약 반대로 루마니아어에서 일본어로 한 문장으로 다시 번역한다면,

온몸을 희미하게 떨기 시작하면서 미유는 계속 봉골레 비앙코 ―안도가 만든 것이다. 그는 요리할 때 와인을 어떻게 넣으면 되는지 숙지했고, 특히 조개류와 와인을 쓰는 솜씨가 절품이다 ―를 먹었다.

이런 식일까. 삽입구로 얼버무렸으니까 한 문장이라고 하면 안 될 수도 있다. 그래도 이렇게 번역하지 않으면 루마니아어 문장 구성에 맞출 수 없다.

이렇게 돌아보면 확실히 나는 첫 번째 일본어 문장을 루마니아어로 태생적 번역이 될 것을 전제로 썼는데, 이런저런 여정을 거쳐 두 번째 일본어 문장의 의미를 이루는 루마니아어가 완성된다.

이건 번역과 집필이 늘 일체화되었기에 생기는 어긋남인지도 모른다. 밴드가 해체할 때면 꼭 말하는 '방향성의 차이' 같은 상투적인 문구가 있는데, 태생적 번역도 그렇게 분열

된다.

그리고! 독자 여러분이 루마니아어를 모를 테니까 조금 거짓말을 한 것을 용서해주세요.

사실 Ando, care știa foarte bine cum să folosească vinul în bucătărie, în combinație cu diverse mâncăruri는 '그(안도)는 요리할 때 와인을 어떻게 넣으면 되는지 숙지했고, 특히 조개류와 와인을 쓰는 솜씨가 절품이다'의 직역은 아니다.

진짜 의미는 '그는 요리할 때 다양한 재료에 와인을 어떻게 넣으면 되는지 숙지하고 있다'이다.

'엥, 전혀 다르잖아!'라고 생각하셨다면, 그렇고말고요. 말했듯이 일본어에서 루마니아어로 번역할 때, 나는 문장 구성을 바꾸는 것에서 더 나아가 문장까지 바꿀 때가 있다. 번역 도중에 퇴고한다.

'뭐 이리 구구절절이람'이란 생각이 들면 일본어를 무시하고 불필요한 부분을 자르기도 한다. 반대로 루마니아어로 옮길 때 말이 약하다는 생각이 들면 강조하는 어휘를 추가한다. 이걸 번역가가 한다면 뭇매를 맞겠지만, 나는 당당하게 이런 금기를 저지른다.

일본어 소설을 루마니아어 소설로 다시 쓸 때 무엇을 제일 신경 쓰는가 하면 시제다. 일본어 소설은 시제를 그렇게까지 생각하지 않고 어미를 배치해도 되는데, 루마니아어 소설은 과거시제가 기본이어서 늘 동사 형태에 신경을 써야 한다.

구체적으로 설명하면, 과거형에는 반과거와 복합 과거가 있고, 이를 언제나 엄밀하게 구분해야 한다. 설명하기 어려운데, 반과거가 '앉아 있었다'라면 복합 과거는 '앉았다'이다. 행위가 오래 이어졌는가, 행위가 순간으로 끝났는가의 차이일까. 나아가 이야기의 시점에서 과거를 제시할 때는 대과거(굳이 일본어로 표현하면 '~하고 있었던 것이었다')를 섞어야 할 때도 있다. 이래서야, 콜라를 마시며 당분 보충을 안 하면 못 할 짓이다.

이걸 보면 일본어 시제의 적당함은 정말 편하다. '어제'나 '사흘 후' 같은 수식어를 붙이면 자연히 때를 알 수 있으니까 시제는 적당히 쓰면 되는 방향으로 진화해서 정말 고맙다.

이런 과정을 거쳐 일본어 버전과 루마니아어 버전은 전혀 다른 작품이 된다. 그러니까 "문장의 의미나 어휘는 다릅니다. 그러므로 일본어와 루마니아어 전부 다 오리지널입니다"라고 당당하게 선언할 수 있다. 이게 참 기분이 좋다. 실제로 일본어와 루마니아어를 전부 이해하는 사람이 내 문장을 비교하고 "문장 구성을 멋대로 바꾸고 의역이 많잖아!"라고 불평한 적도 있다.

그래도 작가 본인이 한 번역이니까 창조성으로 용인된다.

지금 괜찮은 생각이 났다. 이 '번역하기'와 '집필하기'를 동시에 하는 독자적인 수법을 루마니아어 tradus(번역되었다)와 scris(쓰였다)라는 단어를 합쳐 traduscris(트랜두스크리스)라고 명명하자고. 이 traduscris야말로 두 가지 언어로 소설을 쓰는 참맛이다. 진짜로.

나는 루마니아'어'로 이민하는 것이다. 어떤 인터뷰에서 이렇게 대답한 적이 있다. 사람들은 외국어를 할 때 원어민 같은 완벽함을 추구하는데, 내 목표는 그게 아니다. 나는 외부인이기에, 언어 이민이기에 할 수 있는 것으로 한 방 먹이고 싶다. 완벽함 같은 것은 오히려 내다 버렸다. 나만의 루마니아어를 만들고 싶다.

이 여정은 아마도 평생이 걸려도 끝나지 않겠지.

그러니까 굉장히 두근거린다.

위대한 루마니아 문학

크론병, 그리고 닥치는 대로 책 읽기

예이, 인생, 낙이 있으면 고통도 있지, 예이.

드라마 〈미토코몬水戸黃門〉이 흔적 없이 사라져 쓸쓸한 요즘이다. 예전에는 학교에 다녀와서 오후 4시쯤부터 하는 재방송을 종종 봤던 기억이 있다. 특히 인상 깊었던 것이 주제가다. 단순하면서 힘찬 가사가 마음을 확 거머쥐었다.[1]

---

1   〈미토코몬〉은 에도 시대를 배경으로 미토번의 번주였던 주인공 미토 미쓰쿠니가 수하들과 함께 전국을 다니며 악행이나 잘못을 바로잡는 내용의 드라마. '낙이 있으면 고통도 있고 고통이 있으면 낙이 있다'는 주제가의 한 소절이다. ─ 옮긴이

지금은 그 노래 첫 소절이 더욱더 절절하다.

왜냐, 루마니아어 소설가가 되었더니만 난치병에 걸리고 말았거든.

루마니아에서 인정받은 덕에 내 정신은 이례적으로 상태가 좋았다.

그런데 반비례하는 것처럼 몸 상태는 말 그대로 최악이다. 찬 음료를 마시면 복통, 그에 공명하는 것처럼 식욕 부진, 허리에 느껴지는 타는 듯한 격통, 오랜 악우인 치질이 마침내 치루로 발전. 자발적 실업자인 니트족 중에 '자존심이 너무 낮아서 병원에 갈 자격이 없다고 생각하는 경우'가 흔한데, 나도 그래서 병원에 가지 않고 꾹 참았다. 그래도 결국 부모님에게 거의 끌려가듯이 병원에 갔고, 엉덩이 구멍에 내시경이 박혔다.

그렇게 받은 진단이 크론병!

이건 장을 중심으로 한 소화관에 염증이 빈발하는 자가면역 질환, 평생 낫지 않는 난치병이다. 언제나 설사와 복통의 위협에 노출되고, 악화하면 장을 적출해야 할 수도 있다. 그러지 않으려면 엄격한 식사 제한을 해야 하는데, 특히 지방질은 하루 30그램 이하를 지켜야 한다. 그러니 라면도 안 되고 닭튀김도 안 되고 튀김도 안 되고 감자튀김도 안 되고, 편의점에서 파는 도넛도 하나가 지방질 30그램이니까 안 된다. 게다가 말한 대로 난치병이니까 이 제한을 평생 지켜야 한다. 진짜 끔찍하다.

그래서 2021년 3월부터, 최소한 몇 달은 절대 안정하며 부모님의 간병을 받는 생활이 이어졌다. 매일 열 정이 넘는 약을 먹어야 하고, 가끔은 특정 질환 보조를 받지 않으면 10만 엔이나 드는 약을 링거로 맞아야 했으니 엎친 데 덮친 격이었다.

어때요, 괴로울 것 같죠? 실제로 미지근한 지옥에 잠긴 기분이었다. 히키코모리 상태도 마블 유니버스처럼 마침내 페이즈 4에 돌입, 내 인생은 여기까지구나.

그런데 아이러니한 일이 생겼다.

아니, 매일 약을 쑤셔 넣었더니 내 몸, 오히려 점점 건강해졌다, 장 이외에는. 건강 진단을 해도 이례적으로 양호했다, 장 이외에는. 정말 장 이외에는 정신까지 포함해서 전부 건강해서 오전 8시에 눈이 떠졌다. 오늘만 해도 새벽 5시에 일어났다. 동네 육교로 올라가는 발걸음도 어찌나 가벼운지.

아무래도 나는 반영구적인 장 부패와 교환해서 지금까지

겪어본 적 없는 튼튼함을 얻었나 보다.

그러나 건강해졌다지만 설사와 복통 때문에 있을 수 있는 곳이라곤 집, 혹은 산책하는 범위 내의 도서관이나 쇼핑몰뿐이다. 요 1년간은 도쿄에 간 적도 손에 꼽는다. 지하철을 타는 것도 이제는 모험에 가깝다.

그래서 나는 다시 책으로 돌아왔다. 우울증 상태에서는 스스로 행동하지 않으면 못 하는 독서라는 행위를 할 수 없었는데, 지금은 파워가 남아돌았다. 그래서 독서에 다시 습관을 붙였고, 마치 지금까지의 반동이라도 되는 양 매일 두세 권씩 책을 마구마구 읽었다.

게다가 독서의 질도 근본적으로 달라졌다. 전에 읽은 책은 대부분 소설과 철학서였는데, 지금은 죄다 과학서. 아니, 병에 걸려서 정신보다 육체를 의식할 수밖에 없는 건 맞는데, 그 이상으로 육체를 알고 싶었다.

지식에 대한 욕망에 직접적으로 연관되는 의학과 생물학을 다룬 책을 읽었는데, 이걸 출발점으로 내 호기심은 완전히 마음 밖을 향했다. 즉 자연, 우주, 그리고 세계를 향해 가속도로 달려가게 되었다.

하늘은 왜 파랄까? 작은부레관해파리의 독은 왜 무서울

까? 감자칩에 함유된 카세인 나트륨이 뭐지? 장내 유익균을 늘리려면 어떻게 해야 하지? 우주는 어떻게 멸망할까? 그보다 크론병에 걸린 원인이 대체 뭐람?

이렇게 과학에 푹 빠졌다. 사회역학, 양자역학, 우주물리학, 기계공학, 유기화학. 지난 1년 동안 나는 온갖 과학 분야에 호기심을 느껴 이리저리 옮겨 다니는 상태였다. 참고로 이런 상태를 화학에서는 비국재적(非局在的)이라고 말한다.

이 상황에 놓이면 죽음을 의식하고 마음 깊숙한 곳으로 틀어박힐 줄 알았는데, 오히려 마음이나 내면과는 방향이 정반대인 것, 즉 세계 자체로 흥미가 뻗어나갔다. 정말 새로운 경험이었다.

그 과정에서 책을 많이 읽었는데, 기록하지 않으면 아쉬우니까 5월부터 독서 노트를 쓰기 시작했다. 이게 약 1년 만에 열두 권째에 접어들었다. 읽은 책은 정말 1000권을 넘었다. 진짜냐고 의심하겠지만 감상을 전부 반 페이지쯤 적었으니까 증거쯤 쉽게 보여줄 수 있다.

게다가 나는 태블릿 앞에 앉아 누가 시킨 것도 아닌데 단편소설도 열심히 썼다. 그 수가 107편. 이례적인 창작 의욕이 용솟음치는 것을 느꼈다.

죽음의 문턱에서 생환한 나는 강하도다!

그러던 중에 한 문장이 내 눈앞에 날아들었다.

나쁜 시인을 더 나쁘게 만드는 것은, 그가 시인들의 글만 읽는 다는 사실이다(나쁜 철학자들이 철학자들의 글만 읽는 것처럼). 식물학이나 지리학 책을 읽으면 더 많은 이익을 얻을 수 있을 텐데 말이다. 자신의 분야와 멀리 떨어진 분야를 자주 접해야만 풍요로워질 수 있다. 물론, 이것은 자아가 강렬하게 작용하는 분야에서만 사실이다.[2]

나는 이 문장에 깊이 공감했다. 여기에서 말하는 식물학이나 지리학을 포함한 과학서를 읽은 덕분에 나는 많은 영양분을 얻어 무시무시한 기세로 소설을 썼으니까.

이 글을 쓴 인물이 누구인가, 바로 루마니아의 위대한 반철학자 에밀 시오랑이다.

역시 내가 돌아갈 곳은 루마니아였다.

---

2   에밀 시오랑, 『태어났음의 불편함』, 김정란 옮김, 현암사, 2020년, 121쪽.

셔츠처럼 절망을 교체하다

에밀 시오랑, 반철학자이자 반출생주의자, 수많은 단문을 남기며 평생 세계에 저주를 퍼부은 대단한 존재다. 일본에도 그의 저작이 상당수 번역 출판되었고, 전기나 평전 등도 나왔다. 또 그의 말을 올리는 트위터 계정까지 있는데 약 2만 명 가까운 팔로워가 있다. 일본에서는 상당히 컬트적인 인기, 아니, 집착이라고 하는 게 좋을까, 그렇게 여겨지는 존재인데 이 시오랑이 사실 루마니아 사람인 것을 아는 자는 그리 많지 않을 것이다.

나는 대학 시절에 시오랑을 처음 알았다. 지진이나 방사능, 기타 이런저런 일로 완전히 머리가 이상해져서 반쯤 무기력한 상태였을 때다.

아슬아슬하게 학점이 나올 만큼만 강의에 출석하고, 다른 시간에는 시청각실에서 영화를 보고 도서관에서 책을 읽었다. 영화는 뭘 봤는지 노트에 전부 기록했으니까 조사하면 알 수 있는데, 책은 그냥 읽기만 해서 그때 뭘 읽었는지 거의 기억하지 못한다.

그래도 시오랑의 책을 닥치는 대로 읽은 것은 기억한다. 정신 상태가 이렇게 최악일 때는 우중충한 책을 마구 읽으면 이상하게 진정된다. 시오랑은 기독교나 생식 행위나 문학 등 뭐든 닥치는 대로 저주를 퍼붓는데 나도 그런 기분이었고, 그러나 아직 어떤 말로 나를 표현하면 좋을지 전혀 몰랐으니까 그가 나 대신 말해주는 기분이었다.

우리는 너나 할 것 없이 지옥 밑바닥에 있다. 한순간 한순간이 기적인 지옥 밑바닥에.

『나쁜 조물주Le mauvais démiurge』 마지막에 나오는 문장인데, 이거야말로 내 현실을 정확하게 말해준 것이라 감동했다. 깊이 공감했다. 또 시오랑의 독설이 너무도 핵심을 꿰뚫어서 나도 모르게 웃어버리기도 했다. 나는 예전부터 이런 뒤틀린 '단두대 유머'를 좋아한다.

그래도 이때는 루마니아어가 어떻게 생겼는지도 몰랐고, 시오랑의 책은 프랑스 철학 서가에 있었으니까 당연히 프랑스 철학자인 줄 알았다. 해설에 루마니아인이라고 적혀 있었는데 그런 건 전혀 눈에 들어오지 않고 그저 시오랑의 절망과 허무에 위로받았다.

그렇게 어영부영 졸업했는데, 취업하려다가 우울증이 더 심해져서 본격적으로 정신 상태가 위태로워졌다. 이때부터 한동안 책을 읽지 않은 것은 아시는 대로다.

그러다가 루마니아 영화에 빠졌고, 루마니아를 조사하다가 시오랑이 루마니아인이고 루마니아어로 발음하면 이름이 치오란이라는 걸 알았다. 또 그가 도중에 루마니아와 루마니아어를 버리고 파리로 이주해 평생 프랑스어로 집필했다는 사실도 알았다. 일본에서 출판된 책도 프랑스어 번역이었다.

이때 시오랑을 더 자세히 알고 싶었다면 당연히 프랑스어를 공부해야 했다. 그런데 나는 이상하게 치오란으로서의 그를 알고 싶었다. 그래서 루마니아어를 더 열심히 공부하게 되었고 지금에 이른다. 치오란에 매료되어 루마니아어를 배운 일본인, 나와 『태어난 것이 괴로운 당신에게: 최고의 비관론자 시오랑의 사상生まれてきたことが苦しいあなたに:最強のペシミスト・シオランの思想』이라는 책을 쓴 연구자 오타니 다카시 이외에 있을까? 좀 궁금하네.

이제부터 치오란의 경구를 인용하면서 내 이야기를 늘어놓는 짓을 하겠다.

병을 극복할 수 없는 이상, 우리가 하는 모든 일은 병을 키우고 병을 즐기는 것이다. 이런 자기만족은 고대인에게는 상식에서 벗어난 것으로 보이리라. 그들은 고통받지 않는 쾌락보다 더한 쾌락을 인정하지 않았다. 그들보다 덜 이성적인 우리는 2000년이 지난 후, 다른 판단을 내린다.

『시간의 실추La Chute dans le temps』

이 문장과 관련해 인상에 남은 풍경이 있다.

나는 크론병 정기 진찰을 받으러 병원에 갔다. 엘리베이터를 탈 때, 아내로 보이는 사람을 휠체어에 태우고 미는 남성과 마주쳤다. 엘리베이터에서 그를 도와줬더니 내게 고맙다고 인사했다.

나중에 1층 접수처에 앉아 있었는데, 내 앞자리로 그가 왔다. 나와 대화를 나눈 건 아니고, 내 앞에 앉아 있던 중년 여성이 그에게 위로하는 말을 건네면서 대화가 시작되었다.

남성은 이렇게 말했다. 오늘은 반신불수인 아내의 검사를 위해 병원에 왔다, 검사 결과는 양호해서 기쁘다, 그러나 자신도 당뇨병과 전립선암을 앓고 있어서 언제까지 아내를 돌볼 수 있을지 몰라서 불안하다.

그러자 여성이 이야기를 시작했다. 나는 당뇨병이어서 오늘은 그 검사를 하러 왔다, 유방암을 극복했는데 이번에는 당뇨병이라서 괴롭고 작년에는 같은 병으로 친구가 죽었다.

솔직히 듣기만 해도 노화에 희망을 품지 못할 내용인데, 그들의 말투는 놀랍도록 밝았다. 난치병 진단받고 얼마 안 된 나는, 고통을 즐기는 것처럼 보이는 낙천주의자 같은 모습이 부러웠다.

자, 여기에서 인용문으로 돌아간다. 치오란, 정말 멋진 말을 했다. 여기서 그 남녀는 '우리'고 나는 '고대인'이었다. 고통받지 않는 게 당연히 좋다. 그러나 나는 언젠가 '병을 키우고 병을 즐기는' 인간이 될 수 있을까. 그러려면 노력이 필요하겠지, 끊이지 않는 노력이.

인생에 적응하는 나의 비밀은? 셔츠처럼 절망을 교체하는 것.

『고뇌의 삼단논법 Syllogismes de l'amertume』

내가 보는 치오란의 좋은 점은 그가 느끼는 절망의 가벼움이다.

음, 바람이 잘 통한다고 표현하면 좋을까. 이 경구처럼, 농밀한 부정적인 감정과 편안하게 어울리는 느낌이 있다. 잠깐 고민하긴 해도 집착하지 않는다. 오면 오는 대로 두고 떠나면 떠나는 대로 두며, 말하자면 적당하게 대응한다. 나는 이것을 낙관적 염세, 혹은 낙관적 반출생주의라고 부르고 싶다. 그런 게 존재하나 싶은 모순인데, 치오란은 정말로 그걸 그대로 품고 있다. 내가 보기에는 그렇다.

나는 줄곧 생각했다. 기독교에는 원죄라고 해서, 사람은 모두 날 때부터 죄를 짊어졌다는 개념이 있지 않나. 나는 이런 거나 반출생주의라는 사상을 더 가볍게 봐야 한다고 생각한다. 물론 과도하게 스스로 벌하려는 사고방식이나 수준 낮은 운명론, 반대로 구세주 갈망에 빠지는 건 안 된다. 그러나 '인간은 태어난 시점에서 악하잖아?'나 '이 이상 새로운 인간이 빌어먹을 세상에 태어나는 건 좀 아닌 것 같아'처럼 조금은 가볍게 다루는 것이 중요하다.

치오란 본인은 수없이 같은 소리를 반복했으니까 그런 개념이나 사상에 집착한 것처럼 보이는데, 그걸 단문으로 엮어낸 점이 핵심이다. 그야말로 셔츠를 입었다가 벗어서 세탁하는 것처럼 원죄나 반출생주의를 생각하고 다음에는 다른 생각을 시작한다. 그러다가 조금 시간이 지나면 다시 원래 셔츠를 입고, 만약 마음에 들었다면 꽤 빈번하게 입는다. 치오란에게 원죄나 반출생주의는 자기 마음에 든 셔츠다. 그는 이런 말도 남겼다.

아포리즘 책을 읽다 보면 그들은 "헹, 이 인간, 10페이지 전에 쓴 거랑 반대되는 소리를 하고 있네. 좀 성실하게 하란 말이야"라는 소리를 합니다. 나는 완전히 정반대되는 내용의 아포리즘을 계속 쓸 수 있어요. 아포리즘이란 순간의 진실입니다.

『위험을 무릅쓰고 쓰다:이색 작가들 파리 인터뷰

Writing at risk:Interviews Uncommon Writers』

참고로 여기에서 말하는 '그들'은 학자들이다.

그래, 이런 식으로 대충이다. 그 자리의 분위기로 말하니까 저마다 모순이어도 상관없는 것이다. 내가 가볍다고 표현하고 싶은 것은 치오란의 이런 태도다. 잔인한 호러 영화에서 살인마가 발정기인 커플의 목을 전동 톱으로 썰어서 머리가 휙휙 날아다닌다. 치오란의 책은 그런 느낌이다. 그러니까 읽으면 웃게 되고 기운이 난다.

우리는 어느 국가에 사는 것이 아니다. 어느 국어에 사는 것이다. 조국이란 국어다. 그 이외에 아무것도 없다.

『고백과 저주 Aveux et anathèmes』

항간에 자주 인용되는 경구인데, 외국어로 소설을 쓰는 내 마음에 깊이 남을 수밖에 없는 문장이다. 일본의 지바현 구석, 대충 어디쯤 있는 집의 방에 틀어박혀 이걸 읽는 상황과 시나 소설을 루마니아어로 써서 문예지에 싣는 상황이 이상하게 동거하는 나는.

내 조국, 조국이라.

뭐, 그건 일본일 것이다. 난치병을 앓으면서 국외 이주는 할 수도 없으니 평생 이러고 살 것이다. 치오란의 말을 따른다면, 나는 일본어에 사는 것이 된다.

그래도 왠지 느낌이 딱 안 온다. 30년간 일본어에 노출되어 살아왔으니까 생활에 지장이 없는 정도로 일본어를 구사하고, 하고 싶은 말을 명확하게 전달할 수 있다고 자각한다. 일본어를 쓰면 안심한다. 그래도 나는 이 조국에서 헛되게 죽는 것 아닌가, 하는 생각도 든다.

어떻게 보면 그런 생각에서 도망치고 싶어서 루마니아어

로 글을 쓰는지도?

과연 어떨까, 일본어와 비교하면, 나아가 영어와 비교해서
도 서툴러서 사전을 열심히 뒤지는 것은 앞에서도 말했다. 솔
직히 루마니아어를 써서 병원에 가는 상황을 상상하는 것만
으로 식은땀이 난다. 루마니아어를 쓰는 건 안심감과는 거리
가 멀다.

그런데 루마니아어를 쓰면 느낌이 온다.

내 몸을 고려하면 루마니아 이민은 앞으로 없을 것이다. 그
렇지만 이런 나라도 루마니아어로 이민, 루마니아 문학으로
이민은 가능할지도 모른다. 이 육체는 무리여도 영혼은 그곳
에 갈 수 있다.

아이러니하게도 치오란 자신이 루마니아어를 버리고 프랑
스어를 조국으로 선택해서 시오랑이 되었다. 한편으로 나 사
이토 뎃초는 완전히 반대로, 일본어에서 루마니아어로 이주
를 시도하면서 루마니아 사람들에게 Tettyo Saito라고 불린
다. 기분이 묘하다.

프랑스 거류 외국인이 언어의 분야에서 창조적이지 못한 이유
는, 그가 프랑스인들과 똑같이 말을 잘하기를 바라기 때문이다.

그가 그 일에 성공하든 그렇지 못하든, 이 야심은 그의 패배의 원인이 된다.[3]

역시 치오란은 신랄한 말씀을 하신다. 뭐, 앞으로도 이 말을 명심하고 나아가겠다.

머나먼 미르체아 엘리아데

마침내 서른 살이 되었는데, 장래를 내다보면 역시 루마니아에서 책을 내고 싶은 마음이 강하다. 그래서 분발하려고 1년 전부터 일본어로 번역된 루마니아 문학들을 다시 읽기 시작했다. 나는 일본어를 가지고 루마니아 문학과 최선을 다해 대치해야 한다고 판단했기 때문이다.

그중에서도 특히 다시 읽어야 한다고 생각한 작가가 미르체아 엘리아데라는 소설가다. 일본에서… 아니, 아마도 세계에서 가장 유명한 루마니아 소설가일 것이다. 우선은 종교학

---

3   에밀 시오랑, 앞의 책, 177쪽.

이나 신화학 권위자로 유명한데, 엘리아데는 연구에 몰두하는 동시에 루마니아어로 소설을 써왔다. 그 소설이 루마니아 문학 번역가인 스미야 하루야 씨와 나오야 아쓰시 씨의 손을 거쳐 일본어로 번역되어서 우리도 엘리아데라는 신비함의 일부분을 엿볼 수 있게 되었다.

솔직하게 고백하는데, 지금까지 나는 엘리아데의 좋은 독자는 아니었다. 루마니아 문학에 빠지기 전부터 이름은 알았고, 몇 권쯤 읽기도 했는데 그다지 인상 깊지 않았다.

그래도 앞서 말한 대로 루마니아에서 책을 내려면 엘리아데의 작품을 읽을 의미가 있다고 판단했다. 지금이야말로 그 신비로 되돌아가야 한다고.

먼저 『만툴리사 거리^{Pe strada Mântuleasa}』를 읽었다. 일본에 최근 복간되어서 읽은 사람이 많지 않을까. 이 작품에서 놀라운 점은 문체의 귀기 어린 전위성이다. 주인공인 노인의 말을 중심으로 이야기가 진행되는데, 여기에는 현재와 과거, 현실과 환상, 등장인물들의 말과 말, 다양한 것이 어지러이 뒤섞여서 현기증이 생기는 듯한 격렬한 흐름이 나타난다. 게다가 엄청난 거구의 여성 오아나의 존재감도 그렇고, 종반의 미스터리 같은 빠른 전개가 눈사태처럼 자꾸자꾸 나타나서, 짧은 글이지만 뇌를 세게 얻어맞는 듯한 환상적인 독서 체험이었다.

지금부터 하려는 말은 내가 생각해도 좀 조잡한데, 『만툴리사 거리』에는 이른바 포스트모던한 요소가 있는 것 같다. 이야기 내용도 물론 중요한데, 그 이상으로 서술 방식에 중점을 두었다. 여기에는 신화·민화적 세계와 전시 중인 현실, 엘리아데의 언어로 표현하면 성(聖)과 속(俗)이 한 남자가 밝히는 이야기 안에 뒤섞여서 알 수 없는 이미지가 생겨난다.

이 작품의 기묘하고 기발한 기교에서는 이후 세대인 작가, 루마니아에서 가장 노벨상에 가까운 미르체아 카르타레스쿠의 서술과 연결되는 듯한 복잡성을 느꼈다. 그 밖에도 동시대에 활약한 유럽 작가들, 예를 들어 내가 아주 좋아하는 오스트리아의 토마스 베른하르트 등이 내 안에서 공명하는 것만 같은, 그 시대의 최첨단을 보여주는 것 같았다.

다음으로 읽은 책이 『영애 크리스티나Domnişoara Christin』이다.

줄거리는 이렇다. 루마니아 전토를 뒤흔든 1907년 대농민 봉기, 그 30년 뒤에 이야기가 시작된다. 귀족 저택을 방문한 청년 화가 에고르는 그 집의 딸 산다를 사랑하게 되는데, 한편으로 꿈속에서 수수께끼 미녀의 구애를 받는다. 에고르는 미녀의 정체를 찾다가 그녀가 관의 주인인 모스쿠 부인의 여동생이며 봉기에 휘말려 사라진 크리스티나일지도 모른다고 생각하는데….

이쪽은 『만툴리사 거리』와 전혀 다르게 고전다운 당당한 품격이 있는 작품이어서 당황했다. 말하자면 200년쯤은 지난 고전의 반석 같은 품격이 있었다. 『만툴리사 거리』와 집필 시기가 고작 몇십 년만 차이 난다는 걸 믿을 수 없을 정도다.

이 작품은 일종의 흡혈귀 설화로, 브램 스토커의 『드라큘라』가 자연히 떠오른다. 원래 루마니아는 드라큘라 탄생지로 유명한데, 사실 이 이미지는 루마니아에서 온 것이 아니라 『드라큘라』에서 기원했다. 이 소설이 너무 유명해져서 '루마니아=흡혈귀'라는 도식이 생겼다.

루마니아 사람은 이런 고정 관념에 복잡한 심경을 느낀다. 누가 흡혈귀 이야기를 꺼내면 "뭐, 그런 게 있긴 하지, 하하하" 하고 말을 흐린다. 일본인이 외국인에게 게이샤 이야기를 들으면 묘한 기분이 드는 것과 비슷하다. 한편 흡혈귀 전설을 관광 자원으로 이용해서 야무지게 외화벌이를 하기도 한다. 역시 루마니아, 넘어져도 그냥은 일어나지 않는다니까.

이런 상황에서 엘리아데는 의도적으로 루마니아인으로서 『드라큘라』라는 고전에 싸움을 걸었고, 그 결과 『영애 크리스티나』라는 결실을 봤을지도 모른다는 생각도 든다. 루마니아의 고집을 느낀다. 이런 용기 있는 싸움이 작품에 고전으로서 품격을 부여한 한 가지 요인이지 않을까.

만화 『흡혈귀는 툭하면 죽는다』의 팬이라면 꼭 『영애 크리스티나』를 읽어보기를 권한다. 원래 소재인 『드라큘라』에 대한 루마니아 측의 직접적인 해답이라고 여기고.

『흡혈귀는 툭하면 죽는다』의 주인공인 드라루크가 태어난 루마니아의 분위기를 느낄 수 있다. 조사해보니 드라루크는 19세기 초에 태어났다는데, 그로부터 한 세기가 지난 루마니아가 어땠는지를 『영애 크리스티나』에서 읽을 수 있다.

『영애 크리스티나』의 작풍은 개그와는 거리가 먼 관능 환상담인데, 나는 이런 점에도 팬픽션의 불씨가 묻혀 있다고 생각한다. 강력하게 추천하는 작품이다.

다음으로 엘리아데의 유작인 『열아홉 송이의 장미Nouăsprezece trandafiri』다. 이 작품에는 그의 또 다른 필생의 업인 신화학과 종교학이 좀 더 직접적으로 반영된 것 같다. 이 두 가지 학문을 아직 잘 몰라서 더욱 난해한데, 그렇다고 결코 이 작품에 대한 경외심이 줄어들지 않았다. 노작가의 소식이 끊어진 이후의, 감히 말로 표현할 수 없는 불온하고 오싹하게 초월적인 감각은 농밀하고, 마지막에 나오는 알쏭달쏭한 프랑스어 대화! 책을 읽고 난 뒤에서 멍하게 남겨지는 듯한 감각이어서 오싹했다.

그런데 이 작품은 영화비평가로서 루마니아 영화를 다양하게 본 뒤에 다시 읽었더니 더 흥미롭게 보이는 요소가 있었다. 이 작품의 마지막쯤에 주인공인 극작가가 〈천애의 고아들〉이라는 영화를 제작하고 이 작품이 루마니아에서 갈채를 받은 다음, 칸 영화제에서 최우수 작품상인 황금종려상을 획득하는 전개가 등장한다.

이 대목을 읽고 제일 먼저 생각나는 사람은 루마니아에서 가장 위대하다고 칭송받는 영화감독 루치안 핀틸리에다. 그는 1960년대 후반, 〈일요일 6시 Duminică la ora 6〉〈재구성 Reconstituirea〉이라는 두 작품의 감독을 맡는다. 그러나 이면에 숨긴 사회주의 비판을 비난받아 1969년 파리로 망명하게 된다. 두 번째 작품인 〈재구성〉이 문제였는데, 제작하고 2년 뒤인 1970년, 칸에서 상영될 계획이었으나 사회주의 정권에서 암약하는 비밀경찰 세쿠리타테의 방해로 실현되지 못했다고 한다. 반면 〈천애의 고아들〉은 칸에서 황금종려상을 수상하다니 왠지 아이러니하다.

〈천애의 고아들〉은 루마니아에서는 사회주의 리얼리즘을 실현한 걸작으로 찬사받는데, 국제적으로는 사회주의를 풍자한 작품이라는 평을 받는 점이 인상 깊었다.

스미야 씨도 다른 번역 소설의 해설에서 언급했는데, 사회주의 시대에는 현상을 비판하기 위해 면종복배하는 스타일의 작품이 많았다. 즉, 겉으로는 사회주의를 예찬하면서 사실은 비판을 은유로 감추는 것이다. 영화 쪽에서도 같은 상황이었는데, 특히 〈재구성〉은 이 면종복배가 들켜서 핀틸리에는 나라에서 추방되었다.

세월이 흘러 루마니아 영화가 현실에서도 칸 최고상, 황금종려상을 획득한 것은 2007년이다. 일본에서도 개봉한 크리스티안 문지우의 〈4개월, 3주… 그리고 2일〉이 최초로 황금종려상을 획득한 루마니아 영화다. 사회주의 정권하에서 금지된 임신 중단과 위법인 임신 중단 수술을 다룬 영화로, 한마디로 대놓고 사회주의 정권을 비판하는 작품이었다.

지금은 영화도 문학도 루마니아를 비판하기 위해 면종복배하는 자세를 보일 필요가 없다. 오히려 앞으로는 철저한 리얼리즘으로 루마니아의 답답한 현재를 그린 작품이 주류가 될 것이다. 좋은 일이다. 그러나 여기에는 엘리아데 작품의 성과 속을 오가는 환상성이 끼어들 여지가 별로 없다. 이런 것이 시대 변화라는 것을 이 〈천애의 고아들〉의 대목에서 실감했다.

엘리아데는 아득하게 멀구나.

사실 이번에 인상 깊었던 것은 번역가인 스미야 씨나 나오야 아쓰시 씨가 쓴 해설이었다. 생각지 못한 발견이 가득했다.

먼저 나오야 씨는 『만틀리사 거리』의 해설에서, 엘리아데는 고등학교 시절에 자연과학 서적을 탐독했다고 썼다. 오오, 내가 지금 딱 그런 상황이야. 지금도 이 글을 쓰기 전에 『비버 세계를 구하는 너무 귀여운 동물Eager: The Surprising, Secret Life of Beavers and Why They Matter』과 『전기에 건 생애 길버트부터 맥스웰까지電気にかけた生涯 ギルバートからマクスウェルまで』라는 책을 읽었다니까.

그리고 참 흥미롭게도, 과학에서 소설이나 시 아이디어를 찾아 작품을 쓰게 되기도 한다. 에세이와도 직접적인 관련은 없지만 글이 술술 써진다. 과학이, 집필하는 연료가 된다고 느낀다. 그러니 고등학생이었던 엘리아데에게 지금이야말로 깊이 공감한다.

또 『영애 크리스티나』에서 스미야 씨가 쓴 해설을 읽고, 이 책이 1936년 출판된 것을 알고 놀랐다. 엘리아데가 스물아홉 살 때로, 즉 지금 나와 비슷한 나이였다.

서른 살인 지금, 어떻게든 루마니아어로 책을 내려고 악전고투하는 내 등을 엘리아데가 다정하게, 그러면서 힘차게 밀어주는 듯한 뜨거운 감정을 느꼈다.

그런데 하나 더, 심장 떨리는 순간이 있었다. 『열아홉 송이의 장미』 해설을 읽었는데, 파리에서 빈곤하게 살던 시절에 그의 말을 발견했다.

내 진정한 천직, 그것은 루마니아어 작가.

이 문장을 노트에 받아적으면서 나도 모르게 눈물이 날 것 같았다.

그래도 도서관에 있었으니까 어떻게든 참았다.

지금 이 문장을 다시 봐도 뜨거운 것이 치민다.

이 독서 체험을 통해 나는 진정한 의미로 엘리아데라는 작가를 발견했다. 그래도 읽을 작품은 여전히 남아 있다.

자, 그러니까 나는 내일부터 엘리아데의 자서전인 대작

『슨지에네의 밤Noaptea de Sânziene』을 읽을 생각이다. 어려서부터 쭉 다니는 도서관에 『슨지에네의 밤』 세 권이 나란히 꽂혀있다. 지금까지는 분량 긴 책을 읽을 끈기도 용기도 별로 없어서 이 세 권의 거대한 책등을 보기만 해도 압도되어서 읽을 마음이 없었다.

도서관 서가 앞에 서서, 조촐하게 꽂힌 루마니아 문학 서적을 바라보는데, 당연히 엘리아데의 『슨지에네의 밤』도 눈에 들어왔다. 그때 깨달았다. 제2권이 두 권 꽂혀 있었다. 놀라라. 지금까지 이 단순한 착각도 알아차리지 못했다니, 알고 보니 2권 구성이었다.

엘리아데에게 쓰이기라고 했나. 단순히 내 눈이 옹이구멍이었나.

나는 나대로,
오로지 동쪽으로

요바넬과의 인연

O memă Dezarticulat.

관절이 분리된 인터넷 밈.

나와 미하이 요바넬의 인연은 이런 말로 그 막이 열렸다.

미하이 요바넬이라는 남자는 아마도 지금 루마니아에서 가장 주목받는 문학평론가일 것이다.

지금까지도 촌철살인의 서평들로 루마니아 문학계에 존재감을 드러냈고, 문학비평서도 예를 들어 제2차 세계대전 전후 루마니아의 유대인 사회를 그린 책 『불확실한 유대인: 미하일 세바스티안: 이데올로기적 모노그래피Evreul improbabil: Mihail Sebastian:o monograe ideologică』나 사회주의 정권 붕괴 후 루마니아 문단을 지배한 이데올로기를 다룬 책 『루마니아 포스트 공산주의 문학의 이데올로기Ideologiile literaturii în postcomunismul românesc』를 집필해서 좋은 평을 받았다.

그가 2021년 『루마니아 문학 현대사 1990-2020 Istoria literaturii române contemporane 1990-2020』라는 책을 출판했다. 책 제목이 가리키는 대로 사회주의 정권 붕괴 후부터 지금까지 30년에 걸친 루마니아 문학사를 총망라한 책으로, 700페이지를 넘는 대작이다. 작년에 가장 화제를 모은 문학서이기도 한 터라 페이스북에서 이 이야기를 자주 봤다.

내가 그를 안 것은 4년쯤 전이다. 랄루카 씨의 책에 대한 서평을 〈Scena9〉라는 사이트에서 읽었다고 한 걸 기억할 텐데, 그 서평을 쓴 사람이 바로 요바넬이다. 그는 그 사이트에 루마니아를 포함한 현대문학 서평을 정기적으로 투고해서 나도 종종 읽곤 했다.

그래도 직접 연결된 건 3년 전이다. 계기가 무엇이었는지는 잊었는데, 페이스북의 어떤 포스트에 갑자기 시선이 멎었다. '사이토 뎃초라는 일본인 소설가, 알 수도 있는 사람이라고 떴다. 수십 명이나 친구를 공유하나 본데 이 사람이 진짜로 존재하는지 아무래도 믿을 수가 없어…'라는 글이다. 거기에 '관절이 분리된 인터넷 밈'이라는 별난 말이 적혀 있었다.

그걸 읽었을 때, 솔직히 '뭐야, 이 녀석은?' 하고 생각했다. 그다음에 그가 〈Scena9〉에서 서평을 쓰는 그 문학평론가인 걸 알고 흥미가 생겼다. 그래서 이런 댓글을 달았다.

Sunt o memă, desigur.
물론 나는 인터넷 밈이야.

거기에 내가 쓴 작품 페이지도 친절하게 붙였다.

뭐, '관절이 분리된 인터넷 밈'이라고 불린 기분은 좋지 않았다. 그러나 그의 서평이 없었다면 랄루카 씨와 알지 못했을 것이다. 루마니아에서 유명해지면 좋겠다는 흑심도 있었으니까 조금은 마음을 고쳐먹고 비교적 정중한 메시지와 함께 친구 신청을 보냈다. 요바넬도 신청을 받아주어서 우리는 페이스북 '친구 관계'가 되었다.

그런데 요바넬의 포스트를 보면 마음이 불편했다. 이런 감정을 설명하기 어려운데, 소설가로서 문학평론가의 글을 보면 이런저런 생각이 든다. 이쪽이 어떤 마음으로 썼는지도 모르면서 대충 적당한 말을 늘어놓으며 문학을 일컫는 기분이나 내고 있네, 같은 느낌.

하지만 이렇게 단언할 수 없는 평론가도 있다. 내 소설의 본질에 접근하고, 소설 집필이라는 행위의 지반을 강하게 흔든다고 할까. 요바넬의 글이 그런 부류였다. 서평이든 페이스북 포스트든 명석한 사고와 냉철한 야유로 소설의 핵심을 까발렸다. 그런 글을 읽으면 긴장감을 느낀다. 우리 사이에 따끔따끔한 뭔가가 있다는 감각을 느꼈다.

그러던 어느 날, 내 루마니아어 에세이가 〈VICE România〉에 실렸는데, 요바넬이 거기에 반응했다. 내 에세이를 페이스북에 공유하며 이렇게 말했다.

Felicitări Tettyo, porțile canonului literar românesc se deschide pentru tine
축하해, Tettyo, 당신 앞에 루마니아 문학사의 문이 열렸어.

이때 참 복잡한 기분이었다.

핫핫핫, 고맙구나, 이 자식아!

이런 괴상한 감사의 말만 생각났다. 그러다가 2021년에 요바넬이 『루마니아 문학 현대사 1990-2020』를 출판했는데, 그걸 알고 나는 "나, 여기 실렸어?(웃음)" 하고 물어보았다.

물론 농담이었다. 그런데 그가 이런 댓글을 달았다.

"응, 실렸지."

나는 웃으며 "악마적으로 달콤한 농담 고마워"라고 답을 보냈다. 그런데 그는 "농담이 아닌데"라며 이모티콘도 없이 다시 답을 보냈다.

잠깐 굳고 말았다.

대체 무슨 소리야, 현대 루마니아 문학의 역사를 다룬 700페이지가 되는 책에 Tettyo Saito의 이름이 실렸다는 게…. 진심?

그야 나는 일본인이면서 루마니아에서 소설가가 된 존재이니 루마니아 문학계에서는 드물다(애초에 외국인 작가가 없지 않나). 그래도 아직 책도 내지 않은 나를 실어도 되냐고. 요바넬의 말은 진짜일까 농담일까. 루마니아에 살지 않으니까 확인할 수가 없다고, 진짜 답답하네. 물론 농담이어도 괜찮다. 그래도 진짜라면, 뭐냐고, 그게.

진짜인지 거짓말인지 상관없이 그날 밤은 흥분해서 잠을 못 잤다. 실렸더라도 이름만 언급했거나 한두 문장 정도 다뤄지는 게 당연하겠지만, 루마니아 문학사에 내 이름이 기록된다? 흥분되고도 남지 않겠냐고. 아니, 책을 내고 싶다는 거창한 소리를 했으면서 막상 일이 이렇게 되자 너무 한심하게 구는데, 이건 인간의 나약함이다.

아무튼 책이 출간되었는데, 영화 비평가인 한 친구가, 본인이 운영하는 잡지의 종이판이 나와서 서점에 가는 김에 요바넬의 책을 보고 내가 실려 있는지 확인해주겠다고 농담했다. 거기에 갑자기 요바넬이 끼어들더니 페이지 이미지를 보냈다. 거기에 틀림없이 Tettyo Saito라는 이름이 있었다.

세계 문학이라는 관점에서 루마니아 문학의 전개 가능성을 설명하며 내 이름을 언급한 것이다.

Cazul japonezului, Tettyo Saito, care, pornind de la fascinația sa pentru Noul Val Românesc, a învățat limba română și a început să scrie proză în această limbă, producând interesante intersecții cultural-lingvistice...
한 일본인, 사이토 뎃초는 말하자면 루마니아의 새로운 파도에 매료되어 이 나라의 언어로 단편을 쓰기 시작해 문화적-언어학적 관점에서 흥미로운 교점을 만들고 있다.

어이, 어이, 어이, 어이, 어이, 어이!

이런 식으로 나오면 나 지릴 것 같잖아. 진짜로.

나, 루마니아 문학 현대사의 일부가 되었네.

게다가 이 책은 루마니아 문단에서도 화제가 되었다, 상당히. 그게 서서히 달아오르더니 나를 두고 요바넬의 보장을 받아 문학사의 일부가 되었다며 들뜬 사람도 있었다.

나도 당연히 기뻤다, 엄청 기뻤다. 그런데 흥분이 점점 더해지는 것만큼 차츰차츰 냉정해져서, 내 마음에 기쁘다는 단순한 감정만 있지 않다는 걸 깨달았다.

그렇게 내가 지닌 고풍스러운 생각으로 돌아왔다.

예술가와 비평가란 늘 우월함을 경쟁하며 서로 죽고 죽여야 한다고 생각한다. 나는 소설가로서 문학비평가와 서로 살육해야 하고, 영화비평가로서는 영화감독과 서로 살육해야 한다.

너무 뒤숭숭한 소리인가. 하지만 이 생각의 근저에는 한 영화의 이미지가 있다. 윌리엄 프리드킨의 〈헌티드 The Hunted〉

라는 영화다. 토미 리 존스가 연기한 전직 군 교관과 베니시오 델 토로가 연기한, 광기에 빠진 옛 제자가 나이프로 죽고 죽이는 이야기를 그린 작품이다. 단, 피가 마구 들끓고 살점이 튀는 액션이 아니라 수수하면서 참혹한 드라마 같다.

나는 여기에서 비평가와 예술가의 이상을 본다. 영혼의 사투를.

집필할 때, 소설가로서 존스가 팔뚝 살을 가르는 장면을 떠올리는 순간이 있고, 영화비평가로서 델 토로가 자기 혈액을 상대의 얼굴에 뿌리는 장면을 떠올리는 순간이 있다. 그래, 이런 관계성이어야 한다, 두 사람처럼 영혼을 걸고 나이프를 휘둘러야 해.

요바넬이 내 작품을 인정한 사실은 정말 오줌을 지릴 정도로 기뻤다. 이 기쁨을 부정할 생각은 없다.

그래도 창작가로서 거기에 버금가게, 아니 어쩌면 그 이상으로 기쁜 것 중 하나가 내 말을 걸고 싸워야 하는 호적수를 만났을 때다.

나는 그런 상대를 다른 곳도 아닌 루마니아어 안에서 찾아냈다.

물론 요바넬은 나를 인지하더라도 지금 설명한 것 같은 감정을 반대로 내게 품는 일은 없다.

그러니 나의 다음 목표는 그가 이쪽을 보게 하는 것이다. 그가 나를 한없이 루마니아어를 소비하며 대치해야 할 상대로 보게 하고 싶다.

어려운 일이겠지만 보람 있다.

자, 어디 한번 해보실까.

그래서 지금은 또 루마니아 출판사에 원고를 보내는 나날인데, 이때 놀라운 정보를 봤다. 루마니아 인류학자 이리나 그리고레라는 인물의 『다정한 지옥優しい地獄』이라는 에세이가 일본에 출판되었다. 루마니아 생활과 일본 생활을 그린 책이라는데, 루마니아어를 번역한 것이 아니라 본인이 일본어로 집필했다고 한다.

오오, 놀라워라. '차를 뿜었다'라고, 입에 머금은 액체를 뿜을 정도로 최고라는 뜻의 인터넷 밈이 있는데, 이걸 안 순간 나는 너무 놀라서 차를 뿜는 상황이었다. 정말 이런 일이 있구나.

이 이리나 그리고레가 누구인지 전혀 몰랐는데, 그녀는 나와는 거울처럼 반대되는 존재이리라. 일본어로 집필하는 루마니아인, 루마니아어로 집필하는 일본인이라는 점에서.

이렇게 감동한 다음에는 '어디 한번 해보실까'가 '어디 한 번 해보자고!'로 자연히 레벨업했다.

나도 꼭 루마니아어로 책을 내서 요바넬이 차를 뽐게 할 테다.

동쪽을 짊어지다

지금으로부터 138억 년 전, 빅뱅으로 우주라는 존재가 태어났다.

지금으로부터 46억 년 전, 행성끼리 충돌한 끝에 이 지구가 태어났다.

내 인생에 비유하면 빅뱅은 나의 탄생, 지구의 탄생은 루마니아어 작가로서 데뷔한 것 아닐까.

그런데 또 하나, 빅뱅이 있고 37만 년이 지났을 때, 끝없이 탁했던 우주가 갑자기 투명해지고 무한한 세계가 열린 순간이 있었다. 이른바 '우주가 맑아지는 시대'다.[1]

---

1   宇宙の晴れ上がり, 우주가 냉각되어 물질이 원자로 형성되기 시작한 시기로, 짙은 안개가 낀 것처럼 아무것도 보이지 않던 상태가 처음으로 투명해진 때이다. 이 용어는 일본 물리학자 사토 후미타카가 고안했기에 이와 상통하는 영

그럼 나에게 '우주가 맑아진 순간'은 언제였을까.

문학이든 영화든 일본, 미국, 프랑스, 러시아 등 널리 알려진 작품도 일단 보긴 봤는데, 나는 하여간 비뚤어진 인간이어서 역사에 남는 예술에 반감을 품었다. 문학사나 영화사의 권위에서 바람직하지 않은 냄새가 폴폴 난다고 여겼다. 나는 역사의 그늘에 숨은 작품을 알고 싶었다.

그런 내 앞에 갑자기 나타난 것이 '동유럽의 상상력' 시리즈였다. 일본의 출판사 송뢰사에서 내는 문학 시리즈로, 제목대로 고전부터 현대 작품까지 동유럽 문학을 다룬 시리즈다. 청개구리인 나는 완전 미지한 나라들의 문학이 잔뜩 있었으니까 크게 흥분했다.

예를 들어 삼코 탈레의 『무덤의 서 Kniha o cintoríne』는 걷잡을 수 없는 각종 이미지가 자유자재로 들러붙는 듯한 신비로운 슬로바키아 문학으로, 지금껏 읽어본 적 없는 기묘한 작품이었다. 또 라디슬라프 푹스의 『화장터 지기 Spalovač mrtvol』는 화장터에서 일하는 '선량한' 남자가 나치즘에 물드는 과정을 그린 소름 끼치는 체코 문학이었다.

어 단어는 따로 없고, 보통 recombination epoch(재결합 시대)라고 부른다. ─
옮긴이

235

일본에서도 유명한 알바니아 작가 이스마일 카다레의『죽은 군대의 장군』을 읽는 것은 말로 표현할 수 없는 독서 체험이었다. 내가 처음 읽은 카다레의 작품이었는데, 충격을 받아 일본에 먼저 번역 출간된『부서진 사월』이나『누가 도룬티나를 데리고 왔는가Kush e solli Doruntinën?』를 읽고 카다레의 세계관에 완전히 빠졌다. 지금은 알바니아어도 공부한다.

이미 언급한 미르체아 카르타레스쿠의『우리가 여성을 사랑하는 이유』는 나의 루마니아어 문학의 시작점이니까, 동유럽의 상상력은 정말 내 모든 것의 시작이었다.

이렇게 동유럽 문학에 푹 빠졌는데『우리가 여성을 사랑하는 이유』가 출판된 이듬해, '동유럽의 상상력' 시리즈 번외편으로 동유럽 문학 가이드가 출간되었다. 이건 속공으로 샀다.

나에게 이 책은 문학적 성서나 다름없다. 끌려 들어가듯이 읽고, 여기 실린 작품을 닥치는 대로 읽으며 동유럽 문학을 체계적으로 배웠다. 루마니아 문학은 당연하고, 그 밖에도 기오르기 콘라드의『사회복지사A látogató』나 니콜라이 하이토프의『야생 이야기ДИВИ РАЗКАЗИ』에 잉게보르크 바흐만의『삼십세』같은 책을 읽었다. 물론 지금 예시로 든 작품은 특별히 좋아하는 것일 뿐이고, 셀 수 없이 많은 책을 읽었다.

이 글을 쓰는 지금, 가이드북을 얻은 지 6년이 지났다.

그때 이후로 몇 번이나 참조했는데, 그러고 보니 처음부터 끝까지 읽은 지는 오래되었다. 그래서 만반의 준비를 하는 심경으로 이 에세이를 쓰며 다시 읽어보았다.

지금까지 동유럽 문학은 물론이고 동유럽 전체에 관한 지식도 상당히 얻은 덕분에 읽으면서 내용이 더욱 박진감 넘치게 다가오는 것을 선명하게 알 수 있었다. 이 책에 묘사된 세계가 내 마음과 더욱 가깝게 느껴졌다.

그런데 특히 인상 깊었던 것, 인상 깊을 수밖에 없었던 것이 "애초에 동유럽이란, 동유럽 문학이란 무엇인가?"라는 서두에 배치된 슬라브 문학자 누마노 미쓰요시의 논고였다. 이 '동유럽'이란 개념은 '서유럽' 혹은 '중유럽'과 어떻게 대항하면서 확립되었는가, 아니, 확립될 수밖에 없었는가.

이것은 일본인으로서 루마니아어로 소설을 쓰면서 셀 수 없이 생각한 질문이었다. 그러니 지금 이 글을 읽은 것에 큰 의미가 있다고 생각했다. 또 이에 관해 지금 시점에서 내 생각을 제시하는 것이 의무 같다.

사실 이 문제는 올해 초부터 본격적으로 생각하기 시작했다. 나는 트위터 중독이나 마찬가지여서 이런저런 활동을 하는데, 스페이스라고 즉석 라디오 비슷한 기능을 써서 동유럽 영화를 좋아하는 친구들(늘 고맙습니다, 오카다 씨, 오데사 씨!) 과 오로지 동유럽 영화 이야기를 나누는 모임을 정기적으로 한다. 그 첫 번째 회차에서 위의 질문에 관해 이야기했다.

우선 나의 대략적인 '동유럽'에 관한 이해란, 이른바 동쪽 블록 혹은 공산주의 영향을 받은 지역이었다. 그러니 폴란드나 루마니아 같은 동유럽의 상상력에서 다룬 나라는 물론이고 발칸 제국과 코카서스 지방도 들어간다. 나아가 이건 그다지 인정받지 못할 텐데 개인적으로 중앙아시아도 완만한 형태로 포함한다.

〈The Calvert Journal〉이라고 동유럽을 다루는 가장 유명한 영어 컬처 사이트가 있다. 런던에 사는 러시아인 저널리스트가 만든 사이트인데, 중유럽과 동유럽은 물론이고 발칸제국과 코카서스 지방, 중앙아시아, 또 러시아까지 포함해 문학부터 영화, 사진부터 건축에 이르기까지 각종 문화를 소개한다. 여기에서는 이 지역을 통틀어 New East, 즉 '새로운 동쪽'이라고 호칭한다. 이 사이트를 보며 현재진행형으로 달아오르는 동유럽의 젊은 문화를 배운 나는 이 개념이 그대로 '동유럽'과 연결된다고 주장하고 싶다. 그러니 내가 생각하는

'동유럽'은 꽤 넓다.

다음으로 '중유럽'이라는 개념이다. 동유럽이냐 중유럽이냐의 문제는 늘 화제에 오른다. 거기 살거나 그곳 출신인 사람에게 동유럽이라는 말을 써도 되는지 헷갈릴 때가 종종 있다. 헝가리 사람과 대화할 때는 "'중유럽 및 동유럽 지역'이라고 말하는 게 좋아"라는 말을 들은 적 있다. 또 단순하게 외부인간이 어디를 동유럽이라고 호칭하는지 잘 모르겠다는 의견도 들은 적 있다. '동유럽'에 관한 공통된 의견이 존재하지 않는다.

뭐, 결국 '동유럽'이라는 단어의 주인은 거기 사는 사람들이니까 우리는 그 호칭을 빌려 쓰고 있다고 생각해야 한다. 동쪽이란 표현을 꺼리는 이유는, 아마도 동유럽은 서유럽의 오리엔탈리즘(원어 orient의 의미가 사실 '동방'이다)을 가장 가까이에서 느꼈기 때문일 것이다.

그래도… 음, 이건 지극히 개인적인 의견으로 받아들이면 좋겠는데, 나는 '동유럽'이라는 단어에 독선적인 애착을 품었다. 아마 지금까지 길게 말한 것에서도 그 애착을 어느 정도 느꼈을 텐데, 또 하나 너무 바보 같지만 그래서 중요한 이유가 있다.

사실 '동(東)'은 내 본명에 들어가는 한자다. 30년간 이 '東'을 품에 안고 살았다. 그러니까 역시 내 마음이 담겼다. 그래서 동유럽이라고 불리기 싫다는 글을 읽으면 뭔가, 너무 개인적인 생각이란 건 알지만 슬퍼진다.

게다가 여기 일본은 동아시아의 극동으로서 동을 당당하게 품고 있으니까 동쪽을 기피하는 반응을 보면 왠지 쓸쓸하다. 다양한 역사적 배경 같은 것을 죄다 내팽개치고 "이봐, 댁들도 우리랑 같은 동쪽 동료잖아!"라고 개인적으로는 정말 외치고 싶다니까. 그러다가 루마니아에서 데뷔했을 때 트위터에서 내가 했던 말을 생각한다.

나는 루마니아어로 소설을 씀으로써 루마니아 문학에, 그토록 탐욕스럽게 동경했던 동유럽 문학의 일부가 되었다. 이보다 더 자랑스러울 수 없다.

그래, 그렇다니까. 지금 이걸 다시 읽으니까 루마니아어로 소설가가 되었을 때의 흥분이 우르르 몰려온다. 루마니아 문학의 일부가 된 것도 기뻤는데, 동시에 그토록 동경했던 동유럽 문학의 일부가 되어서 최고로 기분 좋았다.

'내가 해냈다!'는 기분이었다. 앞으로도 나는 루마니아 문학을, 동유럽 문학을 할 것이다.

게다가 내 필명, 지금은 '済東鉄腸'라고 쓰는데 영화비평가로서는 済'藤'鉄腸를 썼다. 둘 다 똑같은 '사이토 뎃초'인데 한 자를 바꿨는가 하면, 앞서 설명한 생각을 하다가 이름에 '東'을 넣고 싶었기 때문이다. 다만 기회가 없었다. 그래서 루마니아에서 책을 출판하면 그때 바꿀 생각이었는데, 마침 이 에세이를 쓸 기회가 와서 바로 '이때다!' 하고 생각했다.

나는 루마니아는 물론이고 동유럽 문학 덕분에 성장했으니까 작가로서 '東'을 짊어지고 싶다는 결의가 있다.

위에서 언급한 누마노 미쓰요시의 에세이에도 실렸는데, 예전에는 『현대 동유럽 문학 전집現代東欧文学全集』이라는 책도 일본에 출간되었다. 즉, 일본에서 동유럽 문학은 주류 문학과는 다른 대체물로서, 또 하나의 교양으로서 수용되던 시대가 있었다.

지금 내 야망은 그 시대를 부활시키는 것이다. 루마니아어로 소설을 쓰는 것도 쓰는 건데, 반대로 이렇게 일본어로 루마니아나 동유럽 이야기를 하고 알바니아어나 슬로베니아어 같은 다른 동유럽 언어를 마스터해서 또 다른 언어로 소설이

나 시를 쓰며 적극적으로 동유럽 문학의 시대를 끌어당기고
싶다.

만약 유명해지면 동유럽 문학 번역가와 대담도 하면서 동
유럽 문학을 마음껏 말하는 자리도 마련하고 싶다. 동유럽의
상상력과 뭔가 협동 작업을 하면 좋겠다는 바람도 있다.

나는 이례적으로 힘이 넘친다.

이런 강한 파워의 원천이 바로 '東'다.

나는 나로서, 일평생 루마니아어로

이 에세이, 전체를 통틀어 도대체 몇 번이나 나를 '오레(俺)'
라고 썼을까. 세는 것도 두렵다.[2]

이 '오레'를 루마니아어로 번역하면 eu(이우)다. 와타시
(私)도 eu이고 보쿠(僕)도 eu다.[3] 루마니아어의 일인칭은 eu

---

2 '나'로 번역한 부분은 원서에서 거의 다 남자들이 편하게 쓰는 일인칭 '오레
   (俺)'다. — 옮긴이
3 일본어에는 일인칭이 다양한데, 와타시(私)는 남녀 모두 쓰는 일인칭이며 보
   쿠(僕)는 남자의 일인칭이다. — 옮긴이

뿐이다.

그런 루마니아어로 소설을 쓰면서 생각한 건데, 일본어는 일인칭이 너무 많아서 수습하기 힘들다. 일본어 화자로서는 다양한 일인칭이 당연하게 여겨지는데, 이 혼돈에 지쳤을 때는 루마니아어의 단순함이 소록소록 몰려오는 낮잠처럼 차분함을 준다.

이 책에서는 '오레'를 연발했지만, 사실 나도 일인칭을 정하지 못했던 시대가 있다.

다시 한번 말하는데, 내가 보통 쓰는 일인칭은 '오레'다. 트위터에서는 다른 인격을 만든다는 의도로 '와타시'를 쓰는데, 기본적으로는 '오레'다. 예전부터 이걸 썼는데, 이유가 뭐냐면 그냥 들었을 때 멋있기 때문이다. 소년만화의 주인공은 상당수 '오레'를 쓰지 않나. 『죠죠의 기묘한 모험』의 쿠죠 죠타로나 『블리치』의 쿠로사키 이치고도. '보쿠'나 '와타시'는 뭔가 야무지지 않다는 느낌이다.

또 특촬물[4]을 좋아하는 나는 〈가면라이더 덴오^{仮面ライダー電}

---

4   특수촬영물. 전대물이라고도 한다. 고지라, 울트라맨, 가면라이더처럼 주인공
     이 특별 제작한 의상을 입거나 분장해서 싸우는 슈퍼히어로나 괴수물 같은 장
     르를 가리킨다. — 옮긴이

ｴ)에 나오는 "오레, 산죠(俺、参上, 이 몸, 등장)!"를 들으면 매번 짜릿하다. 그러니까 '멋짐=오레'라는 방정식이 머릿속에 입력되었다. 학창 시절에 전혀 잘나가는 인간이 아니었으니까 최소한 일인칭은 '오레'를 써서 멋있어 보이고 싶었다.

이런 가치관을 다시금 생각하게 된 계기는 대학에서 페미니즘을 배우면서였다.

'오레'에 따라오는 멋짐은 남자다움과 겹치는데, 이건 여성을 짓밟는 가치관과 표리일체가 아닐까. 또 본질적으로 나 자신을 괴롭히는 유해함을 지니지 않았을까. '오레'라는 일인칭에는 그런 위험성이 있다.

나는 트위터에서 페미니스트 분들도 몇 명 팔로워하고 있는데, 이런 주장을 하는 사람이 있었다.

"오레라는 일인칭은 남성우월주의이자 가부장제의 상징. 그러니까 이 일인칭을 쓰는 남자는 가부장제의 사도, 차별주의자다!"

매우 과격한 발언인데, 청개구리인 나는 이런 과격한 주장에 쉽게 감화되어서 '오레'를 쓰지 않게 되었다. 대신 트위터에서 쓰던 '와타시'를 일상적으로 썼다. 이 상태로 이런저런 생각을 해봤는데, 일시적으로 '오레'에 경도된 것은 '보쿠'에 대한 일종의 반감 때문이라는 생각이 들었다. '보쿠' 자체와 '보쿠'를 쓰는 인간을 나약하게 여기는 감정이 있었고, 그런 경멸이 '오레'를 선택한 것으로 이어지지 않았을까.

또 하나, 고등학생 때 나는 퀴즈 연구회라는 동아리에 소속되었는데, 우리 동아리실 옆이 문예부였다. 이들이 참 시끄러웠다. 만화나 라이트노벨을 읽으며 감상을 늘어놓았는데, 부원 중에 '보쿠'라는 일인칭을 쓰는 여자가 몇 명이나 있었다. 비판받아 마땅한데, 당시 나는 그녀들이 기분 나빴다. 여자인데 '보쿠'를 왜 쓰는지 이해가 안 됐다.

생각해보면 대놓고 미소지니(여성 혐오)의 발로인데, 이런 부정적인 감정이 겹쳐서 '오레'라는 일인칭을 쓰게 되지 않았을까, 이런 결론에 이르렀다. 그리고 자연스럽게 '오레'와 거리를 두었는데, 여전히 설명하기 어려운 답답함을 계속 느꼈다.

오랫동안 이런 상태가 지속되다가 갑자기 루마니아어와 만났는데, 말이든 글이든 일인칭을 표현할 때 쓰는 단어가 eu 뿐이어서 모든 게 단순해졌다. 일인칭을 뭐로 쓸지 전혀 신경 쓸 필요가 없는 게 이렇게 편하다니.

그런데 또 이 상태에 오래 있다 보니 불만도 생겼다. 특히 소설가로서 일본어의 다양한 일인칭에 저마다 담긴 뉘앙스를 전혀 재현하지 못하니까 불만족스럽다. 그러다가 일인칭을 다양하게 골라 쓸 수 있는 것이 일본어의 장점인 걸 알았다(마찬가지로 이게 단점이기도 하지만).

동시에 페미니즘 쪽에서 탐탁지 않은 흐름이 생겼다. 트랜스젠더를 배척하는 터프(TERF)의 대두다. 내가 한때 존경했던 '오레라는 일인칭은 가부장제의 상징'이라는 주장을 한 페미니스트가 점점 터프가 되어 트랜스젠더를 차별하기 시작했다. 이때 나도 자신이 위험한 생각에 빠졌을지도 모른다고 깨달았고 뭘 하면 좋을지 고민했다. 그 결과로 트랜스젠더 당사자의 목소리를 듣기로 했다. 그래서 나는 퀴어 이론을 배우고, 트랜스젠더 당사자가 쓴 책을 적극적으로 읽었다.

어느 날, 트위터에서 트랜스 남성이 자기 체험담을 말하는 만화를 읽었다. 자기가 여성으로 다뤄지는 것에 느끼는 위화감을 말했는데, 그중에 친구 앞에서 '와타시'라는 일인칭을 '오레'로 바꿔 진정한 나로 살아가는 한 걸음을 걷기 시작했다는 묘사가 있었다. 이걸 읽고 '오레'라는 일인칭에 애착과 불신을 동시에 품었던 나는 감동했다.

그 후로도 트랜스 남성 당사자가 쓴 문장이나 책을 읽었는데, 특히 그들이 일인칭에 품은 갈등에 공감했다. 그들도 페미니즘을 다양하게 배우며 삶의 방식을 찾는 와중에 '오레라는 일인칭은 가부장제의 상징'이라는 극단적인 논의를 뛰어넘어 자기 손으로 '오레'를 선택한 것이다.

그런 글을 읽자 나도 '오레'라는 일인칭을 순순히 받아들여도 괜찮을 것 같다는 생각이 들었다. 그래도 한 걸음을 내딛기 어려웠다.

그때 이 책을 쓸 기회가 찾아왔다. 내 인생을 쓸 기회가.

여기에서 '오레'라는 일인칭에 품은 생각을 말하지 않으면 언제 말하겠어? 그래도 역시 불안해서 편집자에게 "에세이의 일인칭을 '오레'로 써도 될까요?"라고 조심스럽게 물어보았다. 그랬더니 그녀는 흔쾌히 말했다.

"물론이죠!"

그래서 나는 무시무시한 기세로 글을 썼다. 이 '오레'라는 일인칭을 사랑하는 행위는 나를 사랑하는 행위로 이어진다.

이렇게 해서 어떤 일이 일어났는가 하면, 나의 에고이즘을 일단 전면적으로 긍정해주겠다는 콧대 한번 높은 야심이 채워졌다.

히키코모리 주제에 태도만 시건방지다는 말을 흔한 일반

론처럼 듣는다. 그런데 말이다, 히키코모리니까 시건방진 것이다. 이유가 뭘까.

우리 히키코모리는 자기 긍정감이 마리아나 해구 밑바닥보다도 더 깊이 가라앉아 있다. 이 완벽하게 절망적인 상황을 견뎌야 하니까 반면에 자존심은 하늘보다 높은 곳에 있다. 콧대가 어찌나 높은지 지구를 뚫고 나갈 정도다. 그러지 않으면 균형을 유지하지 못하니까. 이것이 강력한 에고이즘이나 나르시시즘으로 이어진다.

나는 이 자기 긍정감과 자존심의 너무 큰 격차를 위험하다고 여기기에 어떻게든 고치려고 했다. 그러면서 셀 수 없이 많은 실수를 저질렀다.

거기에서 오는 공허감에 짓눌렸을 때 나타난 것이 '오레'였다. 그렇다면 이 상황을 아예 받아들이면 어떨까?

나르시시즘은 '자기애'라는 뜻이다. 보통 나쁜 의미로 쓰이는데, 뜻을 잘 보면 '자기를 사랑한다'다. 그게 뭐 그렇게 나쁜가? 내가 나를 사랑하지 않으면 누굴 사랑할 건가?

한 번은 당당하게 나를 사랑해보자.

그러니 당당하게 나를 '오레'라고 해보자!

이렇게 해서 '오레! 오레! 오레!'라고 강력하게 말하는 책이 만들어졌다.

"남은 것은 침묵뿐이로다"라고 햄릿처럼 그럴싸하게 말하면 좋겠지만, 나는 그러지 못한다.

2022년 2월 24일, 러시아가 우크라이나를 침공했다. 우크라이나의 이웃 나라인 루마니아, 마찬가지로 루마니아어권인 몰도바에도 전쟁 위협이 퍼지는 것을 나는 머나먼 일본에서 매일 목격해야 했다.

나는 지바에 살면서 루마니아어로 소설과 시를 쓰는 아주 기묘한 상황에 놓였다. 그럴 정도로 루마니아나 몰도바, 그곳의 문화를 좋아하는 것은 분명하다. 육체는 지바에 있어도 영혼의 고향은 루마니아, 또 루마니아어에 있다고 몇 번이나 말했다. 그러나 우크라이나 침공에 두려워하는 루마니아 사람들의 말을 보면, 결국 현실을 보지 못했다는 단순한 사실을 깨닫는다.

루마니아와 일본은 물리적으로 압도적인 거리가 있다. 나는 난치병 등등이 있으니까 정말이지 멀다.

이 책을 쓰면서 어학 에세이를 다양하게 읽었는데, 그때마다 많이 우울해졌다. 왜냐하면 다들 당연하게 해당 외국어를 말하는 나라에 유학을 가거나 이주해서, 언어뿐 아니라 생활

양식과 문화도 공부하고 연구하는 광경이 가득 담겼으니까. 반면에 나란 놈은 루마니아에 한 번도 간 적이 없으니까 완전히 사기꾼 아닌가.

그래서 루마니아 이주가 꿈이었는데, 크론병 때문에 완전히 무너진 기분이다. 그걸 깨닫자 정신적으로도 멀게 느껴져서 이제는 다른 차원에 있는 것 같은 정도다.

그래도 말이다, 우크라이나도 루마니아도 몰도바도 너무 머니까 나는 무력하다고 말하는 것도, 그러니 일본에 사는 나의 일상을 지켜야 한다고 말하는 것도 이제는 위선으로만 보인다. 그럼 뭘 하면 좋을까? 이게 쉽게 생각날 리가 없지. 나는 완전히 의욕을 잃었다.

그렇게 내가 지바에, 일본에 산다는 사실이 무겁게 다가왔다. 지바에 사는 일본인인 나는 왜 루마니아어를 알고 있는가? 지금 나는 왜 루마니아어로 소설을 쓰는가? 도대체 이 의미가 뭐지?

이런 고민에 빠졌을 때 이 에세이를 집필해달라는 의뢰가 들어왔다. 그래서 나는 발차 시각보다 먼저 출발하는 기차처럼 기획이 완전하게 잡히기 전부터 집필에 몸과 마음을 바쳤다. 이 작업은 나 자신의 인생, 루마니아어와 함께 살아온 길을 되돌아보고, 의미를 끌어내는 과정이 되었다. 내 인생에도 의미가 있다고 스스로 생각하기 위한 과정이었다. 그런 내 옆에는 늘 루마니아어가 있었다. 지금까지 과거는 전부 쓰레기였고 미래는 아예 존재하지 않으니까 그저 고통만 가득한 현재를 살아가고 있었다. 그런데 지금은 내 과거도 그렇게까지 나쁘지 않다는 생각이 들고, 무엇보다 미래를 생각할 여유가 생겼다. 앞으로는 크론병에 관한 에세이를 쓰고 싶다. '동유럽의 상상력' 시리즈에서 내 작품집을 내고 싶다…. 제법 괜찮은 기분이다.

그래도 역시 한 번이라도 좋으니 루마니아에 가보고 싶다. 책까지 쓰게 되었기에 더더욱 루마니아 친구들과 직접 만나 고맙다고 말하고 싶다. 내 인생을 인정해줘서 고맙다고.

그리고 어이, 루마니아어! 뻔뻔하게도 나르시시즘을 인정한 이 멍청한 놈과 어울리게 해서 참으로 면목이 없다. 그래도 신경쇠약으로 아슬아슬한 상태였던 내게 도움의 손길을 뻗어주고 이 책을 완성하게 해준 거, 다 루마니아어 덕분이었다.

정말 고맙다.

그리고 또 하나. 이 책은 나 자신을 위해서 썼지만, 나 같은 사람을 위해서 쓰기도 했다. 즉 문학을 좋아해서 문학으로 세

251

계에 나가고 싶다고 생각하면서도 몸이 약하거나 재력이나 시간이 없어서 일본에서 우물쭈물하며 방에 틀어박힌 녀석을 위한 거다. 외국으로 이주하거나 세계를 돌아다니며 외국어로 소설이나 시를 쓰고 문학을 연구하는 인간과 비교하면 나 같은 건 쓰레기라고 좌절한 당신 말이다. 게다가 코로나 시기를 겪으며 지금은 모든 게 다 최악이니까, 일본 여기저기에 좌절감을 느끼는 사람이 가득하다.

그래도 나는 바로 당신에게 다른 곳에는 없는 가능성이 있다고 믿는다. 왜냐하면 그게 나였으니까, 나 같은 건 형편없다고 생각했던 예전의 나. 외국에 갈 필요가 없다는 소리는 안 할 것이다. 갈 기회가 있다면 가는 게 좋다. 그저 지금 서 있는 그 자리에서도 할 수 있는 일이 있다. 그곳이기에 해낼 수 있는 것이 있다.

마지막으로 내 좌우명을 보낸다.

Mai bine sau mai rău, cel mai uriaș avantaj e că ești acolo acum tu

좋든 나쁘든 지금 네가 거기 그렇게 있는 게 최대의 강점

벅틱(BUCK-TICK) 「NATIONAL MEDIA BOYS」

어디 있는지가 중요하지 않다. 우리가 지금 거기 있다는 사실, 그보다 가치 있는 것은 없다. 그러니 나에게는 다른 누구도 아닌 지금 거기 선 당신이야말로 미래다. 어이, 하면 할 수 있어!

이 글을 마무리하는 시점에 나의 신작 단편이 이제는 친숙한 루마니아 문예지 〈LiterNautica〉에 실렸다. 미하이에게는 정말 매번 도움을 받는다.

나는 평생 루마니아어로 글을 쓸 것이다. 역시 나에게 루마니아어는 영혼의 언어이고 영혼의 고향이다. 루마니아어로 글을 쓰는 걸 이제 멈추지 못한다.

이것이 내 인생이니까.

Mulţumesc, mulţumesc cu frumuseţea maximă, limba română!
루마니아어여, 최대한의 아름다움과 함께 감사를 바친다, 고마워!

마무리하며

이 책을 집필하던 중에 서른 살이 되었다.

히키코모리에 직업도 없고 돈도 없으니까 필시 비참하게 그 나이를 맞이할 거라고, 다른 누구도 아닌 내가 그렇게 생각했는데 실제로는 아주 상쾌한 기분이었다. 왜냐하면 이 책을 쓰면서 내가 아주 큰일을 해내고 있다고 계속 생각했기 때문이다. 20대의 마지막과 30대 초반을 이 책과 함께 살 수 있어서 감사하다.

그래, 감사다. 나는 서른 살이 된 이 일 년을 감사하는 해로 삼고 싶다.

그러니 집필하면서 도움을 받은 책과 사람들에게 감사의

마음을 전하고 싶다.

　고맙습니다, 『'언해'를 읽다 언어의 바다와 메이지 일본어
「言海」を読む ことばの海と明治の日本語』.

　이 책을 집필하면서 자연스레 제일 먼저 읽은 책이었다.

　독서 노트를 보니 이런 글이 있었다.

　'그래서 그날 사전 비슷한 걸 쓸 생각으로 이걸 빌렸는데,
뭔가 책을 집필하게 될 것 같은데, 아직 잘은 모르지만 현실
성이 없다.'

　말이 이상한데 원문 그대로다. 엉망진창인 문장에서 집필
의뢰를 받은 급전개에 느낀 큰 동요가 고스란히 드러나서 웃
게 된다. 이 책을 포함해 사전을 다룬 책에서 얻은 지식은 여
러모로 도움이 되었고, 분명 여기에서부터 집필을 시작했다.

　고맙습니다, 『웅크리는 힘: 스쿼트로 다리와 허리를 되살
리자 しゃがむ力: スクワットで足腰がよみがえる』.

　이 글을 쓰기 전, 즉 집필을 마무리하기 전에 마지막으로
읽은 책이다. 요즘 가정 의학서를 많이 읽는데, 웅크리는 행
위를 제대로 못 했다는 걸 알고 놀랐다. 나도 건강해지고 싶

다. 아니 난치병이니까 '건강'은 이루지 못할 꿈인데, 그렇다면 나만의 '건강'이라는 개념을 세워나가고 싶다.

그리고 집필을 시작한 3월 19일부터 이 문장을 쓰는 11월 26일까지 읽은 총 667권의 책에도 감사한다. 고맙습니다!

고맙습니다, 트위터와 페이스북. SNS는 위험한 측면도 분명히 있어서 과하게 빠지면 인생이 망가질 가능성도 있다.

그래도 밖으로도 사회로도 제대로 나가지 못하는 내게 이 두 가지는 세계와 나를 연결하는 문이었다. 이곳을 통해 만나고 나를 도와준 사람들 덕분에 지금 내가 있다. SNS가 내게 준 행복과 경험에 감사한다.

고맙습니다, 일상 속의 작은 기적들.

집에 있기 괴로워서 편의점의 좁은 취식 코너에서 경제학자 조지프 슘페터의 해설서를 읽고 있을 때, 어떤 아저씨가 갑자기 택시 호출하는 법을 물어보더니 에너지 음료와 코카콜라를 사줬다.

쇼핑몰에서 언어철학자 솔 크립키의 책을 읽는데 어떤 남자가 옆에서 "사실은 대학에서 크립키를 공부했어요"라고 말을 걸어서 흥분했었다. 나는 평생 이때의 놀라움과 기쁨을 잊지 못하겠지.

만약 앞으로 내가 위대한 일을 해낸다면, 전부 다정함과 호기심으로 이루어진 이런 기적 덕분이다. 고맙습니다.

그리고 편집을 맡은 미카미 마유 씨.

권위의 인정과 상을 받으며 화려하게 하는 데뷔는 역시 멋지다. 지금도 여전히 그런 걸 동경한다. 하지만 지금은 단 한 사람의 열정과 호기심이 있었기에 이렇게 첫 책을 낼 수 있었고, 더욱 멋지게 데뷔했다고 생각한다.

미하이와 함께 미카미 씨도 나의 은인이다.

미카미 씨, 고맙습니다.

고맙습니다, 올리비아 푸티에르.

당신은 내가 영어와 루마니아어, 일본어 세 가지 언어로 대화를 나눌 수 있는 유일한 존재입니다. 언어를 종횡무진 오가는 대화에 매일 자극을 받아요.

얼른 일본에 와서 엘리아데의 『마이트레이^{Maitreyi}』를 주제로 나를 촬영해주세요. 사진들에 오리엔탈리즘 5.0 같은 제목을 붙여 내 루마니아어 시와 함께 전시해서 사진계를 깜짝 놀라게 하자니까요.

올리비아, 당신에게는 세 가지 언어로 고마움을 전합니다.

Thank you, mulţumesc, ありがとう.

부모님께.

솔직히 아직은 감사나 사죄를 드릴 용기가 없어요.

그래도 이것만은 말씀드릴게요.

새삼스럽지만 앞으로도 같이 살아가자고요.

마지막으로 아즈마 다이키(東大暉)에게.

별별 빌어먹을 상황을 겪으면서도 30년간 살아왔지.

너, 잘 해냈어.

유고슬라비아의 작가 다닐로 키슈는 이런 말을 남겼지.

"고뇌와 광기 덕분에 나는 당신들보다 더 아름답고 풍요로운 삶을 살았다."

너의 30년에 이 말을 바칠게.

또 앞으로 어떻게 될지는 모르지만 지금은 너에게 이렇게 말해주고 싶어.

태어났으니까 어쩔 수 없지!

이왕 이렇게 됐으니까 네 인생을 살아, 온 힘을 다해서!

후대의 루마니아 오타쿠를 위한 자료

루마니아 오타쿠의 영화

루마니아의 독립(Independența României)

아리스티데 데메트리아데(Aristide Demetriade) 1912, Societatea Filmul de Artă Leon Popescu

루마니아 영화사상 최초의 장편 영화로 러시아-튀르크 전쟁을 그린 작품이다. 일본에서는 '루마니아 독립전쟁'이라고 불린다. 보통 여명기가 그렇듯이 연출은 어색하고, 줄거리도 오로지 전쟁 일변도이지만 엑스트라 8만 명을 동원한 물량 공세는 실로 장대하다. 국가의 위신을 걸고 이 대작을 만들었다는 주장이 전해진다. 110년 전에 제작된 작품이니까 90대인 루마니아 문학 번역가 스미야 씨가 태어나기 전인 루마니아를 촬영한 것이니 감동 그 이상이다. 일반적인 규격을 벗어난 것은 촬영 뒷이야기도 마찬가지인데, 독립전쟁으로 루마니아군을 지휘하고 후에 루마니아 독립을 달성한 국왕 카롤 1세가 제작 당시 아직 살아 있어서 예산 일부를 부담했다고 한다. 즉, 이 영화에는 다양한 의미로 루마니아 현대사가 가득 담겼다.

분출(Erupția)

아리스티데 데메트리아데(Aristide Demetriade) 1957, Studioul Cinematografic București

석유 채굴이 활발하게 이루어지는 도시를 무대로, 단결하려는 유전 노동자와 그를 저지하려는 기업의 공방을 그린 작품이다. 1950년대 루마니아 영화를 말할 때 빼놓을 수 없는 작품이다. 그 당시에는 영화관에서 소련 영화만 상영했는데, 젊은 루마니아 영화인들이 "소련에만 기댈 수 없다. 노동자의 단결을 축복하는 공산주의 프로파간다 영화는 우리도 만들 수 있어!"라는 남다른 기개로 임해 영화를 제작했다는 비화가 내려오는 당당한 공산주의 멜로드라마다. 그럼에도 현재까지 루마니아 영화사에 남을 걸작으로 일컬어지니까 위대한 작품이다. 그러나 감독은 이 작품을 포함해 겨우 다섯 편의 장편만 제작했는데, 국가의 입김이 가장 노골적으로 끼어드는 프로파간다 영화라는 예술에 결국 질렸을지도 모른다.

우회(Meandre)

미르체아 서우칸(Mircea Săucan) 1966, Studioul Cinematografic București

딱 다섯 편의 장편을 남기고 영화계에서 모습을 감춘 전설적인 영화감독의 대표작이 이 〈Meandre〉다. 사랑이 식은 부부, 그들에게 섬뜩한 시선을 보내는 청년, 그 세 사람이 벌이는 애증극…. 줄거리 자체는 단순하다. 그런데 과거와 현재를 폭력적으로 오가는 서술, 인간과 공간의 거리감이 계속 비틀어진 듯한 촬영 덕분에 불길한 분위기가 팽팽하게 깔려 있다. 이 이상한 세계를 계속 보다 보면 출구 없는 미로를 헤매는 감각을 맛본다. 그 미로는 마치 생명이 있는 것처럼 꿈틀거리며 그곳에 빠져든 인간의 몸과 마음을 삼킨다. 이 영화는 내 뇌에 잊지 못할 어둠을 새겼다. 이 세상에 묵시록이 찾아온다면 이 영화 같은 풍경이 펼쳐질 것이다.

재구성(Reconstituirea)
루치안 핀틸리에(Lucian Pintilie) 1968, Studioul Cinematografic Bucureşti

본문에서도 언급한 이 작품은 루마니아 영화사를 말할 때 빠트릴 수 없다. 두 명의 젊은 범죄자가 죄를 묵인받는 대가로 청소년 대상 계몽 영화를 찍게 된다. 단, 자기들이 저지른 범죄를 카메라 앞에서 완벽하게 재현해야 한다. 루마니아에서 영화는 국가가 국민을 계몽하는 도구로 사용되었는데, 이 작품은 그 점을 비꼬고 있다. 영화를 찍는 중에 범행 현장에서 이루어진 폭력을 재현하라는 지시가 내려오는데, 현실성의 과격한 추구가 루마니아라는 국가의 권위성과 겹쳐서 떠오르는 풍경이 꺼림칙하다. 이 영화가 정권의 공격을 받아 핀틸리는 루마니아에서 망명해야 했고, 이후 20년간 영화를 겨우 두 작품만 만들었다. 이는 루마니아 영화의 역사상 최대 비극이다.

저울(Balanța)

루치안 핀틸리에(Lucian Pintilie) 1992, Filmex

1989년, 사회주의 정권 붕괴. 〈Reconstituirea〉의 정권 비판으로 비난받아 프랑스로 망명한 핀틸리는 20년이 지나 고향 루마니아로의 귀환을 허락받았다. 그런 그가 완성한 작품이 이 〈저울〉이다. 아버지를 잃은 여성의 여정을 그리는 작품인데, 이게 또 보통이 아니다. 평범한 일상을 보여주는 듯하다가 전혀 예상치 못한 비일상이 폭발적일 정도의 당돌함으로 관객을 덮친다. 감독은 이른바 마술적인 리얼리즘 수법으로 사회주의 시대가 얼마나 부조리한 분위기였는지 말하고, 마지막에 이렇게 묻는다. "루마니아의 앞날에는 무엇이 기다릴까. 거기 희망이 존재할까?" 나는 이 영화가 제작된 1992년에 태어났다. 그래서인지 이 질문이 계속 마음에서 떠나지 않는다.

라자레스쿠 씨의 죽음(Moartea domnului Lazarescu)

크리스티 푸이유(Cristi Puiu) 2005, Mandragora

루마니아의 의료 시스템은 부패했다고 악명이 높아 외무부에서도 주의 권고를 할 정도인데, 이를 세계에 드러낸 영화가 이 〈라자레스쿠 씨의 죽음〉이다. 어느 독거노인이 몸 상태가 안 좋아 구급차로 후송되는데, 병원을 이리저리 돌아다니다가 결국 죽음을 맞이한다. 그것을 2시간 반이나 시간을 들여 그려내는데, 얼마나 역겹던지 두려울 정도였다. 부패한 시스템에 일단 말려들면 그것이 끝이다. 사람들은 비참하게도 그 누구의 돌봄도 받지 못한 채 방치된다. 관객은 루마니아라는 나라의 이 어찌할 수 없는 복잡한 어둠을 직시해야 한다. 이렇게 〈라자레스쿠 씨의 죽음〉은 언젠가 우리에게도 찾아올 묵시록을 보게 한다. 그것은 생명의 끝이자 세상의 끝이다….

4개월, 3주… 그리고 2일(4 luni, 3 săptămâni și 2 zile)

크리스티안 문지우(Cristiian Mungiu) 2007, Mobra Films

이 작품이 존재하지 않았다면 지금 루마니아 영화의 대약진은 없었다고 단언할 정도로 중요한 루마니아 영화다. 차우셰스쿠 정권 시대, 임신 중단은 금지였다. 주인공은 친구가 임신 중단을 원하는 것을 알고 도와주려고 한다. 사회주의 시대에 만연했던 답답한 현실과 성차별 실태를 철저한 리얼리즘으로 그려낸 이 영화는 세계에 충격을 주며 칸 영화제에서는 최고상인 황금종려상을 획득했다. 이는 루마니아 영화 사상 최초의 위대한 달성이었다. 최근 미국에서 임신 중단 권리가 번복되는 사건이 벌어졌고, 그때 이 작품의 제목이 언급되는 것을 몇 번이나 봤다. 이런 괴로운 영화가 '요즘 이야기'로 다뤄지는 현실이 안타깝다.

일본견(Câinele Japonez)

투도르 크리스티안 주르지우(Tudor Christian Jurgiu) 2013, Victor Rebengiuc

제목으로 짐작할 텐데, 일본과 관련 깊은 루마니아 영화다. 과소화되는 마을에 사는 노인 곁으로 사이가 멀어졌던 아들이 돌아온다. 그는 일본인 아내, 일본에서 태어나고 자란 손자를 데리고 온다. 아버지와 아들의 관계성을 그리는 이야기 자체는 흔한데, 일본어와 일본 문화가 빈번하게 나와서 놀랍다. 그것도 초밥, 게이샤, 사무라이 같은 내용이 아니라 일본을 정중하게 다룬 것이 전해져서 인상이 나쁘지 않다. 동시에 루마니아의 새로운 바람을 탄 오스 야스지로 같은 느낌이다. 원제 'Câinele Japonez'는 '일본의 개'라는 뜻이다. 이것이 무엇을 의미하는지는 보고 즐겨주시기를. (일본에는 '일본에서 온 선물'이라는 제목으로 알려짐. — 옮긴이)

아들의 자리(Poziția copilului)
컬린 페테르 네트제르(Călin Peter Netzer) 2013, Parada Film

교통사고로 사람을 죽인 아들을 구하려고 온갖 수단을 쓰며 분주한 어머니를 그린 작품인데, 돈으로 해결하려는 부정행위와 권력 남용까지 서슴지 않는 어머니의 대단한 집념을 보여준다. 한편 아들은 어머니의 행동에 분노하면서도 부모와 자식이라는 저주에서 도망치지 못한다. 나는 솔직히 이 영화를 남 일처럼 볼 수 없었다. 대학 졸업 이후로 히키코모리가 되어 부모님에게 기생하고 난치병에 걸려서 간병까지 받는 양상을 띠더니 마침내 30대에 돌입! 이런 인생을 사니 말이다. 이 에세이를 출판하는 것이 영화 마지막에 아들이 보인 행동과 겹쳐질지는… 독자에게 판단을 맡기겠다. 참고로 이 작품은 베를린국제영화제 최고상인 황금곰상을 수상, 10년 만에 루마니아 영화 세 작품이 베를린 정점에 서서 반짝였다.

트레저(Comoara)
코르넬리우 포룸보이우(Corneliu Porumboiu) 2015, 42 Km Film

〈경찰, 형용사〉가 내 인생을 바꿨다고 말했다. 이 영화도 같은 감독의 작품인데, 좀 이상한 영화다. 한 중년 남성이 이웃과 함께 있는지 없는지 모르는 보물을 찾으려고 마당에 구멍을 판다. 보물

찾기 영화라고 하면 엎치락뒤치락하는 오락 영화를 기대할 텐데, 죄송합니다, 이 영화는요, 넓은 마당에서 그냥 땅만 팝니다. 보는 내내 '감독님, 뭡니까. 관객의 기대를 저버리고 지루하게 하려고 목숨을 걸었나요?'라는 생각이 들었는데, 이 살풍경한 광경에서 지금 루마니아에 펼쳐진 우중충한 현실이 보인다. 나는 이게 정말 좋았다. 결국 보물을 찾았는지는 영화를 보고 확인해주시기를. 적어도 여우에게 홀린 듯한 기분이 드는 것만은 보증합니다.

양귀비 밭(Câmp de maci)

에우젠 제벨레아누(Eugen Jebeleanu) 2020, Icon Production

루마니아는 LGBTQ의 권리 측면에서는 상당히 보수적인 부류에 들어간다. 동성애를 다룬 영화가 상영되면 종교 우파가 영화관에 몰려와 항의하는 사건도 벌어진다. 루마니아의 '전통적인 가족'을 잃는다나 뭐라나. 이 작품은 그런 분위기에 기반한 드라마다. 주인공은 경찰인 남성, 게이인 것을 숨기고 산다. 어느 날, 레즈비언이 주인공인 영화가 상영되는 영화관에서 시위가 벌어져서 그는 경비를 맡게 되는데… 이 영화는 동성애자들을 둘러싼 루마니아의 가혹한 현실을 차분하게, 그러면서 무섭도록 관객에게 던진다. 나는 루마니아를 좋아하니까 이런 현실을 보면 괴롭다. 그러나 차별과 싸우려면 이런 것을 알아야 한다. 그런 의미에서 나에게 아주 중요한 작품이다.

배드 럭 뱅잉(Babardeală cu bucluc sau porno balamuc)

라두 주데(Radu Jede) 2021, MICROFILM

라두 주데라는 감독은 문쥬나 포룸보이우를 넘어선 '미친 천재'

라는 이름을 자유자재로 붙일 수 있는 루마니아의 영화감독이다. 베를린국제영화제의 황금곰상을 차지했고 그 여세를 몰아 최초로 일본에 개봉한 그의 최신작이 이것이다. 연인과의 섹스 동영상이 유출된 여성 교사의 곤경을 그렸는데, 현대인의 모럴을 저열하게 비웃고 코로나를 겪으면서 달라진 루마니아의 현실을 냉정하게 포착했다. 그 바탕에서는 최고급의 천박함을 마구마구 내뿜는다. 나는 이 영화의 일본어 제목을 '완전히 두들겨 맞기 혹은 미친 포르노'라고 하는 게 좋다고 당당하게 주장하는데(일본 제목은 '언럭키 섹스 혹은 미친 포르노'다.-옮긴이), 그럴 만큼 말도 안 되는 미친 영화다. 이것이야말로 루마니아 영화, 아니, 영화의 최첨단이다!

베로니카(Veronica)

엘리자베타 보스탄(Elisabeta Bostan) 1973, Casa de Filme Trei

이 감독은 아동 영화의 명장으로도 유명한 인물인데, 그 작품 중에서도 루마니아 아이들의 마음 깊이 남은 영화가 바로 이것이다. 베로니카라는 소녀가 마법의 가방을 받고 노래하고 춤추고 그야말로 '대모험!'을 겪는 단순한 줄거리인데, 화사한 미술에 튀는 음악에 장난감 상자를 뒤집어놓은 듯한 광경이 무엇보다 즐겁다. 그래도 마음에 남는 작품인 이유는 단순히 재미있기 때문이기도 한데, 텔레비전에서 워낙 많이 방영된 탓에 잊지 못하는 측면도 있다. 내 친구 야미는 이 영화를 텔레비전에서 너무 많이 봐서 싫다고 한다. 이렇게 복잡한 애정이 존재하는 영화이니 루마니아 영화사에서도 위치가 독특하다.

돌의 결혼식(Nunta de piatră)

미르치아 베로이우(Mircea Veroiu) / 단 피타(Dan Pița) 1973, Filmstudio Bucuresti

욘 아구르비체아누의 소설이 원작인 중편 영화 두 편으로 구성된 작품인데, 먼저 제목을 설명하고 싶다. 'Nunta de piatră'는 루마니아어로 '돌의 결혼식'이라는 의미인데, 이것은 Casa de piatră(돌의 집)라는 흔한 표현에서 가지고 온 것이다. '돌로 지은 집처럼 이 결혼이 든든하고 오랫동안 지속되기를!'이라는 바람을 담은 말로, 지금도 누군가 결혼식 사진을 페이스북에 올리면 이 말이 코멘트로 길게 달린다. 이 축복의 말을 완전히 뒤집어 결혼을 일종의 저주로 다룬 작품이다. 루마니아 민화가 바탕이어서 루마니아인의 정신성, 나아가 어떤 업까지도 보인다.

컬렉티브(Colectiv)

알렉산데르 나나우(Alexander Nanau) 2019, Alexander Nanau Production

2015년 수도 부쿠레슈티에 있는 클럽 컬렉티브, 여기에서 화재가 발생해 스물일곱 명이 목숨을 잃었다. 그런데 병원에 옮겨진 중증 환자들의 의문 어린 죽음이 이어진다. 이를 수상하게 여긴 기자들이 조사를 시작하고, 루마니아 의료 체제의 거짓이 폭로된다. 이 다큐멘터리는 루마니아의 현재에 깔린 절망을 통렬하게 그려낸 작품으로, '왜 외국에서 차별당하는데도 국외 이주를 시도하는 사람들이 많을까?'라는 물음에 대한 답이기도 하다. 그래도 나는 루마니아 예술가처럼 자국을 통렬하고 놀라운 형태로 비판하는 사람들도 없다고 본다. 그리고 그 비판이야말로 얻기

힘든 귀한 희망이라고 믿는다. 나는 그 희망에 반해 루마니아어로 창작을 시작했다.

캡틴 아메리카: 윈터 솔져(Captine America: The Winter Soldier)

루소 형제(The Russo Brothers) 2014, 마블 스튜디오

다들 모르겠지만 사실 루마니아인인 배우를 한 명 소개하겠다. 바로 할리우드 배우 세바스찬 스탠, 마블 팬이라면 윈터 솔져 a.k.a 버키 반즈로 친숙할 것이다. 그의 일생일대 명연기를 볼 수 있는 것이 이 작품이다. 정체 모를 가면 쓴 병사로 등장해서 압도적인 힘을 보여준 뒤, 사실은 그가 히드라에게 세뇌된 캡틴 아메리카의 친구 버키라는 사실이 밝혀지고, 이어서 찾아오는 최종 결전! 정말 스탠의 연기를 보기 위해 존재하는 영화 같다. 또 그가 루마니아인이기에 다음 편인 〈시빌워〉에서는 부쿠레슈티가 무대로 등장하고, 스탠도 루마니아어를 조금은 말한다. 나도 루마니아어로 스탠을 인터뷰하고 싶다.

루마니아 오타쿠의 플레이리스트

Toulouse Lautrec

Dejun pe iarba 2015

먼저 내가 루마니아(어) 음악에 빠진 계기인 밴드를 둘 소개하겠다. 첫 번째는 이들로, 2010년대 얼터너티브 록 계열에서 정확한 연주 기술과 어딘지 모를 풋풋함으로 인기를 얻었다. 보컬의 목

소리가 굉장히 탁한데, 그 목소리로 자아내는 루마니아어가 유쾌했고 이상하게 고막에 달라붙어서 머릿속에서 떠나지 않는다. 그 결과 팬이 되었다.

Pandrea
Artă & meșteșug 2017
두 번째 밴드가 이들. 초절정 기교로 조바꿈을 마구 해대는 재즈 같은 록을 좋아하는데, 이 앨범이 그야말로 내 취향에 꽂혀서, 스트리밍 사이트에서 충동적으로 샀다. 지금도 밴드 홈페이지에 영어로 쓴 격려 메시지가 남아 있다. 올해는 5년에 걸쳐 멤버와 페이스북 친구가 되었고 이번에는 루마니아어로 메시지를 썼다. 감동이다.

Mes Quins
Vive la promiscuitate! 2016
코미디언 Silviu Gherman의 일렉트로 듀오다. 들어보면 알 텐데, 루마니아어가 알아듣기 쉽다. 꼭 일본인이 말하는 것처럼 발음이 선명하다. 그런데 잘 들리는 루마니아어로 이상한 소리를 마구 한다. 애초에 앨범 제목이 '난교 만세'니까. 이상한 앨범이다.

Sofia Zadar
Lyra 2021
처음 그녀를 알았을 때, 매우 보수적인 루마니아에서 퀴어인 자신을 속이지 않는 아티스트가 나타나서 감회가 새로웠다. 이 EP의 선행 싱글 〈Coming of Agency〉는 제목에서도 대충 짐작하듯이 커밍아웃을 주제로 한 곡으로, 권태롭게 들리던 멜로디가 일변해 질주하는 듯한 해방감이 따라오는 감동이 있다.

ZIMBRU
Little Creatures 2019
군웅할거인 루마니아 얼터너티브 록 계열에서도 이채로움을 내뿜는 밴드의 데뷔 EP가 이것이다. 금속 파동 같은 노이즈, 심연에서 부르짖는 듯한 보컬이 수놓은 록이 고막을 왕왕 뒤흔들고, 바닥 모를 불온한 미궁에서 헤매는 감각이다. 그래도 거기에 신성한 빛이 비치는 대단한 여운을 남기는 마지막 곡 〈Dyo〉가 최고다.

Astro Générale
One 2022
2021년에 갑자기 혜성처럼 나타났다가 혜성처럼 사라지더니 2023년에 또 갑작스럽게 데뷔 EP를 낸 범상치 않은 존재다. 음악성은 우주 한 지점에 떠 있는 화사한 색의 디스코에서 흘러나오는 듯하고, 조금 빠른 박자인데 아주 멋지고 왠지 모를 분한 감정까지 느껴지는 신스팝 같다. 뭐든지 다 범상치 않다.

Makunouchi Bento
Ghostphobia 2020
나의 취미 중 하나, 일본어가 붙어있는 외국 밴드 찾기다. 이 루마니아 밴드를 봐달라. '마쿠노우치 도시락(幕の内弁当)'이라니 믿어지는가? 스포티파이로 노래도 들어보기를. 이건 뼛속까지

실험 전자음악이다. 머즈보우나 하이노 게이지나 일본 실험 음악에 영향을 받아 지은 이름인가? 수수께끼가 가득하다.

Diavol Strâin
Elegía del Olvido / Elegía del Horror 2021
일본어 이름 외국 밴드는 적지 않은데, 루마니아어 이름 외국 밴드는 극소수다. 그래서 이 밴드를 보고 놀랐다. 현대 밴드이면서 80년대로 회귀한 다크웨이브 음악성도 대단한데, 칠레 밴드인데 이름이 '외국의 악마'라는 뜻의 루마니아어다. 그런데 'Strâin'이 아니라 'Străin'인데, 스펠링. 그냥 실수일까 아니면….

PLANT
DEMOS 2021
미디어 노출을 거의 하지 않고 오로지 자기 음악에 파고드는 구도의 장인 같은 록밴드가 때때로 있다. 내가 찾은 은둔 고수인 존재가 PLANT이다. 활동 자체는 예전부터 했는데, 작년에 첫 EP를 발매했다. 허식 같은 잔재주는 일절 없이 심플하고 강력한 노골적인 록. 내가 생각하는 그들의 음악이다.

Pyroblast
Amurg 2022
역시 젊은 밴드인데, 그 음악성이 참 흥미롭다. 기조는 록인데 <La fereastra ta>에서는 80년대 디스코 팝, 최근 〈Amurg〉에서는 랩 같은 영역이 다른 음악을 탐욕스럽게 흡수해서 매번 인상이 달라진다. 이런 시행착오가 발매 예정인 데뷔 앨범에 어떤 결

실로 나타날까. 이게 참 기대된다.

O-Zone
DiscO-Zone 2005
루마니아어 음악이라는 의미에서는 빼놓을 수 없는 것이 이 앨범의 수록곡인 〈Dragostea Din Tei〉로, 일본에는 '사랑의 마이아히'라고 알려졌다. 이 노래가 일본에서 유행했을 때, 나는 중학생이었으니까 역시 열심히 들었는데 이게 루마니아어로 된 노래라고는 생각도 안 했고, 십수 년이 지나 이런 형태로 재회할 줄은 상상도 못 했다. 인생은 불가사의로다….

Robin and the Backstabbers
Bacovia Overdrive Vol.1 Stalingrad 2012
나와 같은 세대의 루마니아인에게 "요즘 밴드 중에 추천한다면?"이라고 물으면 높은 확률로 대답하는 밴드다. 내가 느끼기에 루마니아 메인스트림에 가장 가까운 밴드 중 하나로, 듣고 있으면 상쾌하다. 루마니아 초원에 부는 바람을 느낀다. 루마니아에서는 '멜로디 드라마틱 팝'이라는 평을 듣는데 이해된다.

Ada Milea
Aberații sonore 1997
이 싱어송라이터의 곡을 영화 예고편에서 처음 들었다. 뭐라고 마구 지껄이는 이상한 곡이었다. 찾아보니 그녀는 한 손에 어쿠스틱기타를 들고 진지한 표정으로 시시한 개그 노래를 부르는 인물이었다. 내가 들은 노래도 멋진 라임으로 그저 "대학 졸업했어! 죽고 싶어! 아빠, 도와줘!" 하고 우는소리나 하는 곡인 걸 알았다. 내 얘기잖아?

George Enescu

Enescu: Romanian Poem Romanian Rhapsodies Nos. 1 and 2 1991

이 리스트를 만들려고 고민할 때, 친구 안드레아가 내 맹점을 쿡 찔러줬다. 나는 루마니아 클래식을 깜박했다! 그러니 루마니아에서 가장 유명한 작곡가 조르제 에네스쿠, 그의 대표곡인 〈루마니아의 시〉와 〈루마니아 광시곡〉을 루마니아 오케스트라의 연주로 들을 수 있는 이 앨범을 꼭 들어주시기를.

Zdob și Zdub

Basta Mafia! 2012

친구의 추천 그 첫 번째. 그녀는 루마니아 일부와 이웃 몰도바 공화국을 포함한 몰다비아라는 지역 출신인데, 이 지역의 자랑과도 같은 밴드다. 몰도바 대표로 유로비전(Eurovision)에도 나가니까 일본에서도 아는 사람이 있을지도. 힙합에 록에 몰도바 민요에 로마음악까지 전부 담은 음악은 듣기만 해도 흥분된다.

Daniela Condurache

Unde-i joc 2015

친구의 추천 그 두 번째. 사회주의 시대에 데뷔한 루마니아의 국민적 가수 중 한 명인데, 그녀의 노래를 들으면 민속의상을 입고 야산을 달리는 소년과 소녀의 모습이 눈꺼풀에 아른거린다. 놀랐는데 스포티파이에 베스트 앨범이 있었다. 루마니아를 포함한 동유럽 전반의 음악을 부담 없이 들을 수 있는 시대다. 대단하지.

BRUJA

Diznei cenal 2022

랄루카 씨가 추천한 가수는 이 여성 래퍼. 아직 앨범도 안 낸 신인인데 스포티파이를 보면 2019년부터 활동해서 이미 20곡 이상이나 곡을 냈다. 전부 머리뼈를 후려치는 듯이 강렬한 랩이어서 들으면 흥분된다. 이 최신 싱글은 표지가 미키마우스 낙서다. 저작권을 가뿐히 무시하는 이 의기양양함이라니!

Rana

Verde electric 2022

이건 키라 선생과 함께 내게 루마니아어 시를 가르쳐준 시인 라모나가 추천하는 밴드다. 비 온 뒤 맑게 갠 공간에 퍼지는 공기 같은 투명한 음악과 함께 사랑을 노래하는 시를 속삭인다.
이런 로맨틱한 감정이 음악을 채워서 여운이 깊다. 노래를 들으면 시인인 라모나가 이 밴드를 사랑하는 이유를 이해한다.

Adrian Enescu

Funky Synthesizer 2.0 2015

루마니아 전자음악사에 우뚝 선 존재가 에네스쿠다. 이건 스포티파이에서 들을 수 있는 베스트 앨범인데, 그중에서도 처음 〈Autostrada(Highway)〉를 들었을 때 얼마나 충격이었던지. 〈Ringul〉이라는 복싱 영화에 쓰인 노래인데, 시골의 고속도로가

〈블레이드 러너〉의 미래 도시 같은 세계로 보여서… 이렇게까지 말하면 과하겠지만 아무튼 잊지 못할 충격이었다.

Phoenix

Cei ce ne-au dat nume 1972

루마니아 밖에서 가장 유명한 밴드로, 루마니아 내에서는 폄훼하는 목소리가 있을지 몰라도 그 누구도 위대함을 부정하지 못하는 역사적인 록 밴드다. 사회주의 정권의 록 탄압을 피하려고 프로그레시브 록과 루마니아 전통 음악을 융합해 유일무이한 음악성을 획득했으니 대단하다. 스포티파이에 있는 곡은 전부 다 들었는데, 하나를 고르자면 이 앨범이다!

뭐든 하다 보면 뭐가 되긴 해

초판 발행	2024년 10월 18일
지은이	사이토 뎃초
옮긴이	이소담
펴낸이	김정순
책임편집	김유라
편집	허영수
마케팅	이보민 양혜림 손아영
펴낸곳	(주)북하우스 퍼블리셔스
출판등록	1997년 9월 23일 제406-2003-055호
주소	04043 서울시 마포구 양화로 12길 16-9(서교동 북앤빌딩)
전자우편	editor@bookhouse.co.kr
홈페이지	www.bookhouse.co.kr
전화번호	02-3144-3123
팩스	02-3144-3121
ISBN	979-11-6405-282-0 03830